文春文庫

出会いなおし

森絵都

文藝春秋

目次

出会いなおし

初出『オール讀物』

出会いなおし　二〇一五年八月号
カブとセロリの塩昆布サラダ　二〇一六年二月号
ママ　二〇一四年八月号
むすびめ（「ほどける」改題）　同年二月号
テールライト　二〇一五年二月号
青空（「朝、目覚めてすぐに思うこと」改題）　二〇一六年八月号

単行本　文藝春秋　二〇一七年三月刊

出会いなおし

　ガラス扉におぼろな影が浮かび、開かれたそこからたしかな輪郭を伴った彼があらわれた瞬間、私は反射的に声をあげかけていた。すみません、暑いなか、こんなへんぴなところまで。ええ、ええ、迷いましたよね。皆さん、迷うんです。熱中症の一歩手前でたどりついた方も、遭難を覚悟した方もいます。ええ、そうなんです、ごめんなさい、案内はがきを作ったときには、目印にぴったりの地蔵が確かにあの角にあったんですけど、どういうわけか、いつのまにかなくなっていて……本当にすみません。ともあれ、まずは涼んでください、すぐに冷たいものをお持ちしますから。

　炎天の下、迷いに迷ってようやくこのギャラリーへ到着した来場者たちの足を、すぐに順路へ進ませてはならない。無駄に歩かされた苛立ちが作品へ投影されないよう、まずは中央の円卓でひと息ついてもらう。よく冷えた麦茶でもてなし、怒りと汗が引くのを待つ。

その作戦に則《のっと》って椅子を勧めかけた私は、来場者の顔へあらためて目をやり、ハッとした。

汗をかいていない。息も切らしていない。たとえ道に迷わなくても駅から遠いこの場所へ、こんなにも涼しげに到達した人は初めてだった。しかも、そのすっきりとした目鼻立ちには見覚えがあった。

「ナリキヨさん！」

一目で彼とわからなかったのは、もう七年以上も顔を合わせていなかったせいでも、服の傾向が記憶にあるそれと違ったせいでもある。黒いポロシャツにベージュのチノパンツ。ニューバランスのスニーカー。こんなにラフな普段着姿の彼を見るのは初めてだった。

「ナリキヨさん、来てくれたんですか。まさか偶然、通りかかったとかじゃないですよね。嘘みたい。案内はがき、出すだけ出してみたんですけど、まさかまさか、ほんとに来てくれるなんて」

内心の動揺をテンションを上げることでごまかそうとする私に、ナリキヨさんは至極静かなまなざしを寄こした。

「そりゃあ来ますよ、佐和田さんの、初の個展ですから」

私はしばし呼吸を止めた。わけがわからずこみあげてくるものがあり、今度はそれをごまかすように薄く笑った。

「でも、ナリキヨさん、汗をかかない人なんですね。迷わなかったんですか」

「ええ、大丈夫でしたよ」

「地蔵はなかったのに？」

「地蔵というか、あの地図自体がそもそも不吉に思えたので、最初から私はスマホの地図に賭けました」

「賢明ですね」

「佐和田さん、そもそも、地蔵なんて本当にあったんですか」

「ありました。私、たしかに見たんです」

「もしかして、それは、地蔵顔をしたどっかの爺さんだったんじゃないですか」

「………」

一瞬の間のあと、力が抜けた。私たちはくくと弛緩《しかん》した笑い声を立てあった。そう、ナリキヨさんは昔から真顔で微妙な冗談を言う人だった。

「では、作品を鑑賞させていただきます」

場の空気がなごんだのを機に、麦茶を飲みほしたナリキヨさんが順路の始点へ向かった。長机に並べた一作一作を丁寧にながめ、少し進んでは立ちどまる。ときどき、思いもよらない角度からのぞきこんだりもする。まるで自分が見られているようで落ちつかない。

私はお返しとも仕返しともつかない気分で彼の背中をまじまじと見つづけた。

見ても、見ても、現実のものとは思えない。

彼がここにいること。私がここにいること。とうに切れたと思っていた糸がまだつながっていたこと。

彼と最初に会ったころのことを思うと、まるで嘘のようだった。

彼と最後に会ったときのことを思うと、もっと嘘のようだった。

イラストレーターとして仕事をはじめたころ、私はまだ二十一歳で、厄介な問題を抱えていた。あまりにもたやすくプロになってしまったせいだと今にしてみれば思う。

まだ具体的な将来の像もなかった美大生時代、西荻窪にカフェを開いた親戚に頼まれ、店の看板やメニュー、コースターなどのデザインとイラストを手がけた。半年後、その店の常連となった某女性誌の編集者から連絡があり、ちょっとしたカットを描いてみないかと誘われた。以来、雪だるま式にあれよあれよと依頼が増えて、大学の卒業時には下北沢に2LDKの部屋を借りられる身分になっていた。

雑誌のカット、小説やエッセイの挿画、ポスター。何がどうなっているのか自分でもよくわからないまま、若いうちはただ夢中で描けばいいのだと言われ、夢中で描きつづけた。あえて下手な線を味わいとする絵を「へたうま」と言うのに対し、アクリル絵の具とパステルを多用した私の絵はよく「かわこわ」と評された。かわいくて、怖い。一見愛らしい人物や動物たちの奥部に得体の知れない異物が巣くっている。明るくほがらかな世界の底に物騒な闇がある。「正視を拒む深淵を孕《はら》んだ楽園」などと評されたこともある。

無論、それは好意的な見方であり、ネットにはこっぴどい酷評も飛び交っていた。デッサンの基礎がなってない。技術不足を目新しさでごまかしている。偽物。どうせすぐに飽きられる。残念ながら、私にはそれらの否定の声が、自分を認めてくれる声よりもすんなり理解できてしまった。私の描く絵が深淵など孕んでいないこと、そこには何物も潜んでいないことを、誰よりも自分自身が知っていたからだ。

私はただ勘で線を探っていただけだった。言うなれば私自身ではなく、他者の想念によって私の描くものは値打を補充されていた。本当のところはどうなのか。実在の私は空っぽなのではないか。ただ運がいいだけのまがいもの？

つねに自分自身を疑っていたあのころ、私は同種の猜疑を仕事相手に抱かれるのを何より恐れていた。正体を知られて失望される。そんな日を少しでも遠くへ押しやるためには、極力、皆から距離を置くことだ。よけいな口をきいてボロを出してはならない。

打ち合わせも手短に、天気の話もそこそこにして必要事項のみをすりあわせ、さっとバッグを膝に置く。

「佐和田さん、本当にお忙しいんですね」

「売れっ子は大変ですね」

人から誤解されるたび、私はインチキの皮をまた一枚厚くした思いがして、自分への信頼を損なっていった。

中堅どころの出版社にいたナリキヨさんから仕事の依頼が来たのは、そんな心情的綱渡りが三年も続いたころだろうか。

週刊誌に連載される小説の挿画。書き手は私が学生時代から愛読していた新鋭女性作家で、断る理由はなかった。

初の打ち合わせには、いつも通り、下北沢にある煉瓦造りの洒落《しゃれ》たカフェを指定した。カジュアル系の多い業界人にしてはめずらしく、ナリキヨさんはきっちりとしたグレイのスーツ姿であらわれた。当然ながら、そのときはまだナリキヨさんではなく、成澤清《なりさわきよ》嗣《つぐ》という密度の高い字画を背負っていた。

「このたびはご快諾をいただきまして、ありがとうございます。作家さんも大変喜ばれています」

「いえ、こちらこそ光栄です」

「個人的にも、私、非常に楽しみにしているんです。若い女性同士の感性が響き合って、うちの雑誌のおっさん臭を一掃してくれるのではと」

第一印象は、スマートでそつのない仕事人。細身で薄口しょうゆ顔、一見いい男風と見えないこともないナリキヨさんは、間近で検証するほどに目鼻立ちの地味さ加減が惜しくも思えてくるのだが、その「もうちょい」なところがある種の安心感につながるメリットでもあった。当時は三十一歳、左手の薬指には指輪が光っていた。

「それで、今後の進行スケジュールですが……」

例によって私は無駄口をひかえ、すみやかに仕事の話へ移った。幸い、ナリキヨさんは話の早い人だったため、カップのコーヒーが冷たくなる前に打ち合わせは終了した。

「ところで、あの、佐和田さん」

ナリキヨさんが急に声のトーンを落としたのは、私が「では、また」とバッグを膝に載せた瞬間だった。

「週刊誌って、やっぱり、若い女性からすると胡散臭いですか」

「はい？」

「いや、それでガードが固いのかなと」

その率直な物言いに、私は浮かせかけた腰を宙に留めた。長く直球を受けてこなかったグローブに、突如、ストレートのどまんなかをぶちこまれたように。

「いいえ、私はいつもこうなんです」

「いつもそうなんですか」

「ええ」

「ほんとにいつも、そんな、敵から身を守るような目を？」

「はい？」

目と目を見合わせて数秒後、ナリキヨさんが寄こした次なる直球が、グローブごしに私の骨までずんと響いた。

「佐和田さん。私はあなたの敵ではなく、仕事のパートナーです」


仕事のパートナー。至極あたりまえの指摘をもってして私を大いに動揺させたナリキヨさんは、いざ実際に仕事をはじめてみると、それまでのパートナーたちとは（良くも悪くも）だいぶ違った。

まず何より、彼はかつて組んだ誰よりもマメだった。メールには必ずその日のうちに返信が来る。資料を頼めば翌日に届く。締切の三日前には念押しのリマインド。とりわけ挿画の受けわたしには独自の流儀をもっていた。配達には宅配便よりも速くて確実なバイク便を使っていた彼は、それだけでは決め手に欠けるとばかりに、私に対してもさらなる保険を求めたのだ。

「バイク便にイラストを預けたら、必ず私にご一報ください。メールではなく、電話でお願いします」

滑舌《かつぜつ》のいいその声が聞きとれなかったためしなどないのに、私は「はい？」と問い返した。週一でバイク便が訪れるたび、いちいち彼に電話を入れる？　想像するだに面倒臭い。が、ナリキヨさんは私の沈黙も気にせず言い募った。

「私も、バイク便からイラストを受けとった段階で、必ず電話を入れますので」

「ええっ」

かくして、週に一度、ナリキヨさんと日に二回もの電話のやりとりをする日々がはじまった。バイク便に挿画を預けるたび、「今、渡しました」と連絡し、その約一時間後に「たしかに受けとりました」と報告が来るのを待つ。

なぜ電話なのか。メールでも用は足りるではないか。どんなアナログ人間か。私の頭にうずまいていた不満と抵抗のシュプレヒコールは、しかし、時と共に少しずつ鎮まっていった。慣れたのだ。初めのうちは杓子定規な一報にすぎなかった会話も、回数を重ねることで多少なりとも砕けたものに変わった。

連載開始からふた月を経たある日、「今、渡しましたので」「お待ちしています」の惰性的なやりとりのあとで、ナリキヨさんがふと言った。

「佐和田さんのところは大丈夫ですか。さっきヤフーニュースを見たら、世田谷区、大雨警報が出てましたよ」

電話の子機を耳に当てたまま、私は窓ごしに暗い空を仰いだ。たしかに雨は降っている。が、それほど荒れているふうもない。

「このあたりは大丈夫そうです」

しかし、その約一時間半後、いつもより少し遅れてナリキヨさんから受領の報を受けたとき、マンションの五階にある私の部屋はゲリラ豪雨の直撃中だった。

「来ました、来ました。成澤さんの声もよく聞こえないぐらい」

「すごい音ですね。こっちまで響きます」

「バイク便のお兄さん、大丈夫でしたか」

「大丈夫じゃなさそうでした。途中でやられたみたいで、パンツまでずぶ濡れと。身を挺《てい》して挿画を守ったそうです」

滝のような雨で外界から遮断され、一抹の心細さをおぼえていたのか、あるいは逆に高ぶっていたのか――雨音の妨害にもかかわらず、私はその日、ナリキヨさんといつになく多くの言葉を交わした。このぶんじゃ花火大会も中止でしょうね。お出かけの予定だったんですか。いいえ、家の窓から見えるんです。うちの窓からは富士山が見えますよ。そんな他愛のない話。

聞こえますか？　聞こえますか？　たいした内容もないのに、途中、何度もたがいの声を無駄に響かせあった。

雨上がりの夜空に盛大な花火が打ちあがったその日を境に、何かが変わった。週一の電話における世間話や無駄話の割合が増えた。時にはちょっとした軽口も叩きあうようになった。ついには、「すみません、ジコジューで遅くなりました！」「今日はゲキアツっすね」などと、やたらと略称を用いるバイク便のお兄さんを真似て、私も彼をナリキヨさんと呼ぶようになった。

変わらないのは仕事におけるナリキヨさんのスタンスだった。

「私、文学畑の人間で、絵心は皆無なんです。すみません」

最初の自己申告どおり、絵に関してはまったくの門外漢として、彼は一切批評をしない姿勢をつらぬいた。肯定も否定も深読みもしない。その埋めあわせとばかりに周囲の声はマメに伝えてくれた。

「今回のイラスト、作家さんがいつにも増して喜んでましたよ。脳内にあった風景がそのまま飛びだしてきたみたいだって」

「絵と小説がぴったり寄りそっているって、読者からの評判も上々です。編集部内にも、毎回、楽しみにしているファンが多いんですよ」

回を追うにつれ、私自身も小説の世界へ寄りそい、溶けあっていく感触があったため、そうした声にはいっそう励まされた。

とはいえ、週一の連載仕事を長く続けていれば、そうそう毎回いい調子ではいられない。周期的に寄せる波のように、大なり小なりのスランプが襲う。絵のことは何もわからないと言うわりに、ナリキヨさんは私の不調を敏感に察知した。

「半年以上の長丁場になれば、誰だって何度か壁に当たるものですよ。大丈夫です。苦しい時期をすぎれば、皆さん、また浮上しますから」

「佐和田さん、週刊誌の仕事は初めてでしょう。締切を毎回守ってるだけでも立派なものです」

「わかります、もはや何を描けばいいのかわからないのでしょう。そりゃトンネル内でのシーンが三週にもわたったら、誰だって頭を抱えます。いっそ回想シーンを入れてはいかがでしょう」

なんだかんだで面倒見のいいナリキヨさんと仕事をしているあいだ、私はいやでもクラスメイトと毎日顔を突き合わせなければならなかった学生時代をよく思いだした。狭い教室で、毎朝言いたくもない「おはよう」を言い合って、窮屈でしょうがなかったあの日々。しかし、自由と引き替えに仲間を失ったフリーの立場となったとき、私は毎朝いやでも「おはよう」と言い合うことでしか獲得できない信頼関係がたしかに存在することを知ったのだった。

職場における濃密な人間関係を思えば、週一の電話などは真似事にすぎなかったかもしれない。それでも、ナリキヨさんは私に、誰かと一緒に仕事をする意味を初めて本気で考えさせてくれた人だった。自分自身を信用できなかった私に、信用できる誰かが側にいることの得難さを教えてくれた。

連載が終わったら二人で打ち上げをしましょう。のんびりごはんでも食べましょう。連載小説の結末——もつれにもつれた恋愛模様の着地点が透けて見えはじめたあたりから、ナリキヨさんと私のあいだにはそんなフレーズが頻繁に飛び交うようになった。行きましょうね。ええ、行きましょう。電話のたびに確認し合った。一日に二度言い合うこともあった。

けれど結果的に、連載が終了してからも、私たちは食事へ行くことはなかった。待てど暮らせどナリキヨさんからの具体的な誘いはなく、私はそのことに落胆しているのか安堵しているのか自分でもよくわからなかった。

ナリキヨさんの手元にあった原画をまとめて返してもらったのは、仕事の終了から約三ヶ月後、週に一度の電話がない日々にようやく私が慣れてきたころだった。暇なときに配送してくださいと伝えても、彼は自ら返しに行くと譲らず、けれどなかなかタイミングが合わずに延び延びとなっていたのだ。おかげで私はそのあいだにゆっくり頭の整理をすることができた。

最初に打ち合わせをしたカフェの車道を透かす窓ぎわの席で、私たちはひさびさに対面した。「このたびはお世話になりました」とナリキヨさんが低頭し、私も丁重な礼を返した。

「週刊誌連載は初めてとのことでしたので、若干、心配もしていたんですけど、とんだ杞憂でした。毎週、イラストをいただくのが本当に楽しみでした」

「こちらこそ、ナリキヨさんのお陰でなんとかやり通せました。貴重な経験になりました」

「またぜひ一緒にお仕事したいですね」

これはよくある社交辞令か、本心か。表情の読めないナリキヨさんの目の奥にその答えを探し、私は途中であきらめた。代わりに、ナリキヨさんに会ったら伝えようと胸に期していたことを口にした。

「あの、私、しばらくイラストの仕事を休業して、パリへ行くことにしたんです」

「はい？」

「決めたんです。二年間、パリで彫刻を学んできます」

唐突な告白に啞然とするナリキヨさんに、私はその決断に至った経緯を短く打ちあけた。

　運に恵まれて今の仕事に就いたものの、自分の描くものに長らく自信が持てなかったこと。精神的にもプロになりきれない自分への苛立ちが募っていたこと。このままでいいのかと考えつづけて、ようやく結論が出た。やっぱり今のままではいけない。

「でも、日本にいたらきっとずるずる仕事を続けてしまうから、思いきって環境を変えてみようかなと」

「それでパリに？」

「大学時代、本当は彫刻をやりたかったのに、それじゃ食べていけないってまわりから言われて、簡単にあきらめちゃったんです。それがずっと悔いとしてありました。学生時代から仕事をしてきたおかげで貯えもできたし、二年間だけ、やりたいことを思いきりやってこようかなって」

「えっと……それは、佐和田さん、彫刻家になるってことですか」

「いえ、まさか。たった二年学んだくらいで彫刻家にはなれません」

「じゃあ、二年後はまた日本でイラストを？」

「それについてもじっくり考えてきます。二年後、またイラストの世界へ戻りたい気持ちがあったら、今度こそ本物になりたいと」

　甘い。そんな返しを予期して、自然と声が縮こまる。二年後？　そのころにまだ仕事があるとでも思っているんですか。どんどん若い才能が入ってくるこの業界で、二年も休めば完全に過去の人ですよ。今が旬なのにもったいない。休業を伝えた仕事相手からは判で押したように同じ文句を返されてきた。それが真っ当な意見であるのも承知していた。

おっしゃるとおりです。何を言われても甘んじて受けようとかまえていた私に、しかし、いつのまにか瞳の静けさをとりもどしていたナリキヨさんは言った。

「ここだけの話ですけど、私、ずるずると仕事して、ずるずると消えていくイラストレーターさん、けっこう見てきましたよ」

「え」

「来る日も来る日も追われるように仕事をして、そこから抜けだせなくなって、限界まですり減って……そのときには、きっと、もう何かが遅いんです。佐和田さんが今、覚悟を決めて新天地をめざすのであれば、どこであれ、私は応援しますよ。リスクも伴う話ですけど、いいじゃないですか、佐和田さん、まだ二一五歳で若いんだし」

熱のこもった激励に、私は彼に支えられてきた半年間の重みを改めて受けとめた。ああ、そうだ。私はまだ若いんだった。ナリキヨさんに言われると素直にそう思えた。食事には誘ってもらえなかったけど、この人は、食事の約束を忘れたわけじゃない。

「それにしても、佐和田さん。どうして、彫刻なんですか」

「どうしてって、その……自分でもよくわからないんですけど、昔から、立体への憧れがありまして」

「立体」

「立体的で、どしんとしているものへの、畏敬のようなものです」

「なるほど。立体的で、どしんとですか」

幾度かその言葉を口のなかで転がし、ナリキヨさんは品良くほほえんだ。

「いつか見せてください、佐和田さんの立体を」

私はそれを約束し、ナリキヨさんと別れた。

二年後にパリから戻ったとき、ナリキヨさんはすでに週刊誌の編集部にはいなかった。部署の異動があったことを人づてに知った私は、迷った末、異動先への帰国報告を思いとどまった。言葉で説明するよりも、新しい自分を見てほしい。いつの日か私のイラストがナリキヨさんの目に留まることを当面の目標にしようと決めた。

そう、私はイラストレーターとして一から出なおす覚悟で帰国したのだった。

二年間のパリ暮らしはけっして無駄ではなかった。世界各国から集った立体の申し子みたいな若者たちと共に彫刻を学ぶ夢のような時間。私は大いに刺激され、大いに立体の醍醐味を堪能し、そして、自分の限界を悟った。

彫刻は続けよう。あくまでも個人的な楽しみとして。仕事とはべつの地平でこつこつと積みあげて、いつか小さなギャラリーで個展を開けたらいい。

一生の仕事として突きつめていくのは、やっぱり、私は平面だ。いざ絵筆を手放してみると、もっとあんなこともできた、こんなこともできた、と我ながらめめしい未練がふつふつと寄せてくるパリでの二年間でもあった。後半の一年はアートスクールで彫刻を学ぶかたわら、目をかけてくれた先生のアトリエにも通ってデッサンの基礎を修得しなおした。

無論、海の外で一年や二年の修業をした程度で箔がつくほど甘い世界ではない。ナリキヨさん以外の全員から忠告されていたとおり、二年間の空白は大きく、帰国後、新たな流行りに塗りかえられていたイラスト業界に私の居場所はもうなかった。以前の仕事相手に帰国を知らせても、すぐに仕事がもらえるわけもなく、あら帰ってきたのと驚かれたあと、がんばってねと優しく突きはなされるのがオチだった。それでもせっせと働きかけを続け、気合いのこもったＨＰを立ちあげたり、二年間に描きためたカットを手に各社をまわったり、割りの悪い仕事でもかたっぱしから引きうけたりしているうちに、再びじわじわと依頼の数が増えていった。

打ち合わせの場には自室のリビングを開放し、パリでおぼえた手作りのフルーツタルトと紅茶で仕事相手をもてなす。それが私の新しいスタイルだった。もはや距離は必要ない。依然として私は空っぽなのかもしれないし、偽物なのかもしれないけれど、少なくとも彼らはそんな私をパートナーにしようとしてくれているのだ。

「佐和田さん、なんか変わりましたね」

相手のとまどいに触れるたび、私はかたくなだったころの我が身をふりかえっては恥じ入った。そして、そんな自分を少しだけ変えてくれたナリキヨさんのことを考えた。いつかまた彼と仕事がしたい。変わった自分を見てほしい。

念願の依頼がついにもたらされたのは、帰国から二年後のことだった。

「ごぶさたです。成澤です。ご活躍、嬉しく拝見していました。佐和田さん、そろそろまた一緒に仕事しませんか」

受話器からの懐かしい声。「また一緒に」の一語が私をどんなに高ぶらせ、舞いあがらせたことだろう。

「します、します。私、この日をずっと待ってたんです」

一も二もなく食いついた私に、ナリキヨさんはあいかわらず滑舌のいい声で現在の所属を告げた。

「意外と思われるでしょうが、私、目下、ファッション誌の担当をしておりまして」

「ファッション誌、ですか」

たしかに意外だった。しかも、それはモード系のファッション誌で、依頼の内容も週刊誌時代とは一風違っていた。

「鳴りもの入りの目玉企画ですよ。おかげさまで弊誌は来春に創刊十周年を迎えるんですけど、それを機に、誌上で大物のベテラン女優と人気上昇中の若手女優が往復書簡をはじめるんです。その挿画をぜひ佐和田さんにお願いできないかと」

さっそく打ち合わせの約束をし、高揚と緊張のなかで迎えたその午後、約束の時間よりも二十分遅れて来訪したナリキヨさんを前にして、私は一瞬、どこの誰かと目を疑った。誰だかわからないくらい変わりはてたナリキヨさんがそこにいた。

白とオレンジのラインが入った真青なジャケット。ホワイトデニムの膝丈短パン。写実的なブロッコリーのワンポイント付き黄色いインナー。同じく黄色のだて眼鏡。髪の色はかぎりなく金色に近い茶色で、以前はラフにたらしていた前髪をツンと立てていた。コミックバンドのドラマーみたいだった。人の個性に寛大なパリでもここまでの野放図はあまり例を見ない。

「ナリ……キヨ……さ……」

彫像なみに全身を硬直させた私に、ナリキヨさんは自らの変貌について説明するでも弁明するでもなく、生まれたときから前髪が立っていた人のような顔で、「すみません、前の打ち合わせが押してしまいまして」とまずは遅刻を詫びた。ひさびさに顔を合わせる相手を固まらせることには慣れていたのかもしれないし、飽きていたのかもしれない。

慣れても飽きてもいなかった私は動揺を鎮めようと努めてゆっくり紅茶を淹れたものの、ナリキヨさんはなかなかそれに手を伸ばそうとせず、だて眼鏡ごしにきょろきょろと部屋中をながめまわしたりして、いっこうに落ちつく気配がない。こんなにせわしない人だったろうか。

「どうぞ」

杏のタルトを紅茶に添えてさしだすと、ナリキヨさんはようやく瞳を泳がすのをやめて、まともに私と向きあった。

「お元気そうで何よりです。パリのお話、じっくりうかがいたいところですけど、じつはこのあともう一件約束がありまして。次回のお楽しみとさせてもらって、早速、依頼の件ですが……」

再会の挨拶もそこそこに本題に入ってからも、ナリキヨさんは文字盤が異様に大きな腕時計をしきりに気にしていた。

「この往復書簡は、粘りに粘って、やっと実現にこぎつけた入魂の企画なんです。だからこそぜひ佐和田さんにお願いしたい、と。大物女優の毒気と、若手女優のとんがり。真逆に引き合う二人の個性を自在に表現できるのは佐和田時子だけです。編集部一同、大いに期待しています」

以前よりも割り増しした感のあるリップサービスを挟みながらも、あいかわらずいいテンポで仕事の話をすませると、彼はそそくさと席を立って詫びた。

「ほんとに今日はすみません。また今度ゆっくり、メシでも食べながら話を聞かせてくださいね。じゃ」

メシでも、といとも軽やかに放ったカラフルな後ろ姿が消え去ると、急に色味が沈んだリビングで、私は折れたコンテのようにへたりと脱力した。

変わった自分を見てほしい。そう願いつづけてきた相手が、いざ再会してみると、自分よりも桁違いに変わっていた衝撃。タルトをぺろりと平らげてくれたのが救いといえば救いだったものの、味についての言及はなかった。そんな余裕はなさそうだった。しょうがない。と、冷めたアールグレイをすすりながら思った。今や雑誌は大変な時代なのだ。今日のナリキヨさんはとりわけ忙しかったのだ。日本人にはよくあることだ。


本格的に「あれ?」となったのは、その翌々月に往復書簡がスタートしてからだった。ナリキヨさんに渡す第一回目のイラストに、私は万感の思いと渾身の力で取り組んだ。寒色と暖色のように質を異にする女性二人の心象風景。その見応えのある遥けき距離を可視化し、読者の興を誘いたかった。悪戦苦闘の末、ようやく仕上がった一枚をバイク便に託したときには胸が高鳴った。

早速、編集部へ電話を入れた。ナリキヨさんは外出中だった。原画受領のメールをもらったのは三時間後のことだ。

『力のこもったイラストをありがとうございます。「さすが佐和田さん！」と編集部が沸いてます。サンキューです！　成澤☆』

　これが最初の「あれ？」だった。

　それでも、その翌月に二度目の締切が訪れると、バイク便のお兄さんを見送ったあと、私はやはり編集部へ電話を入れた。やはりナリキヨさんは外出中だった。ご連絡をお待ちしています。言づてを頼んだ私はその文言どおり、折りかえしの電話を待ちわびた。

　ナリキヨさんからのメールが届いたのはその日の深夜だった。

『イラスト、たしかに受けとりました。今回も力作をサンキューです！　私も留守がちですし、佐和田さんもご面倒でしょうから、今後はこちらから受領の旨をなるべく早めにメールします。成澤☆』

　幸か不幸か、ナリキヨさんの言う「今後」は訪れなかった。

　どうやら、内心、若手女優を快く思っていなかったらしいベテラン女優が、二回目の往復書簡のあと、自らのブログで「近ごろの若い女優は日本語もろくに使えない」と当てこすった。これに負けじと、若手女優もツイッターで「『候』ばっかで読めね～」と応戦。さらにファンやマスコミ、その他大勢の野次馬たちが騒いで二人を煽《あお》った結果、所属事務所や編集部の骨折りもむなしく、往復書簡は三回目を待たずして連載中止と相成ったのだった。

最後にナリキヨさんと会ったのは、彼が一連の事情説明と謝罪にうちを訪れたときだった。

「今回のこと、本当にお詫びの言葉もございません。ひとえに私の企画ミスです。せっかくの佐和田さんとの仕事がこんなことになってしまって……」

ナリキヨさんが頭を下げるたび、ツンと立った前髪がふわふわと揺れた。この日の彼は『カリオストロの城』時代のルパン三世を彷彿とさせる緑のジャケット姿で、スマホを入れた胸ポケットからひっきりなしに着信音を響かせていた。鳴りもの入りの企画が倒れ、事後処理の渦中にあったのだろう。不健康にむくんだ顔は心ここにあらずで、「失礼しました」と「すみません」をくりかえしながらもスマホの電源は切ろうとせず、時折、鬼気迫る早打ちで短い文章を返信したり、届いたメールを一瞥して「あちゃ」と顔をしかめたりもした。

「本当に、この埋めあわせは必ずさせてもらいますので。そう、メシでも今度ぜひ……」

いよかんのタルトも手つかずのまま、腕時計に追いたてられるように去っていく間際、玄関に続く廊下で彼はいったん足を止め、きょろきょろとあたりを見まわした。まるで宝石を持ち逃げした不二子ちゃんを探すルパンのように。

結果、彼を見送った私の脳裏には、『カリオストロの城』のあの物悲しいエンディング曲が執拗に流れつづけることになったのだった。

ふた月後、ナリキヨさんから依頼のあった連載仕事を、多忙を理由に私は辞退した。そのひと月後に再び打診のあった単発の仕事も断った。それきりナリキヨさんからの連絡は途絶え、たがいに音信不通のまま七年の時が流れた。

その相手を、なぜ、私は個展に誘うのか。ナリキヨさん宛の案内状を投函した直後から、それは大きな謎として私のなかにあった。

ナリキヨさんのことを思うと、まっさきに浮かぶのは、やはりルパンのジャケットだ。不幸なことだが、最後の記憶はかくも根強い。スリッパもたじろぐような迷彩色の靴下。根元が黒くなってきていた茶髪。結婚指輪に負けじと艶《つや》めいていたターコイズのシルバーリング。

しかし、七年ごしに再びまじまじと目をこらしたとき、そのちゃらけた姿の奥には、やはり以前の几帳面なナリキヨさんもいた。過去の彼と新しい彼が入れ替わったのではなく、新ナリキヨも旧ナリキヨも、時空をへだてて同時にそこにいた。旧ナリキヨとこつこつ関係を積みあげた月日も、「いつか見せてください、佐和田さんの立体を」とパリへ臨む私にくれた激励も、やっぱり、あったことなのだ。新ナリキヨの登板によって、旧ナリキヨの地道な投球が過去から葬られたわけではない。たとえ新ナリキヨがどんなに上手にルパンになりすましたところで、私から旧ナリキヨの思い出を盗むことはできない。

——と、そんなことを理詰めで考えたあげくというわけでもないのだけれど、初の立体個展を控えて幻の地蔵を見るほど脳が煮立っていた私は、ナリキヨさんに案内を出すべきか否かを迷いつづけることに疲れ、逡巡を断ち切る唯一の策として、えいっ、と成澤清嗣さん宛の葉書を投函したのだった。

しかし、まさか、本当にナリキヨさんが来てくれるとは思わなかった。

以前よりもひとまわり肉付きのよくなった背中が、私が数年がかりで形作ってきた彫刻たちの前にある。その現実に頭が追いつかない。

二十点の展示がせいぜいの小さなギャラリーだから、どれほどじっくりながめたところで、さほど時間はかからない。一巡を終えたナリキヨさんを拉致するように私は再び椅子を勧め、二杯目の麦茶を運んだ。

「すみません。いかにも趣味の延長で、恥ずかしいです。でも、たまには遊び心のままに突っ走ってみるのもいいかなって」

「いえ、あの、すみません。今もむかしも私、美術に関してまったくの門外漢でして」

「ああ、そうでした」

「わからないんです。本当に」

「そうでしたね」

「ただ、ひとつ言えるのは……」

「はい？」

「どの作品も、立体的で、どしんとしていました」

「あ……」

虚を突かれてまごつく私を前に、ナリキヨさんははにかんだ目をして白髪交じりの頭をかいた。

「じつは内心、いつか絶対に見てやりたいって、思ってたんです。佐和田さん、立体にこだわってたわりに、お宅のどこにも立体作品を置いてなかったから。きっといつか見てやるぞって……思っているうちに私、会社を辞めちゃったんですけどね」

「え、そうなんですか」

「はい。諸々の無理が祟って、体を壊しまして。とりわけ、女性誌に移ってからは、まあ、いろいろ」

「ああ……はい」

心あたりのありすぎた私が声を大にしてうなずくと、ナリキヨさんの照れ笑いが苦笑に変わった。

「その節は、佐和田さんにも本当にご迷惑をおかけしました」

「いえ、そんな。お体はもう大丈夫なんですか」

「はい。どうやら田舎暮らしが私の性には合っているようで、今は雑誌ではなく、埼玉の外れでサケをつくってます」

「サケ？」

「かみさんの実家が酒蔵でして、その手伝いを」

「ああ、お酒……」

「まさか、自分がものを作る側にまわるとは。でも、酵母は奥が深くて面白いですよ。まだペーペーですけど、いつか自信作ができたら、佐和田さんにお送りします」

「ほんとですか」

「はい」

だから、とナリキヨさんは言った。

「佐和田さんも、また個展を開くときは案内をくださいね。今回は元同僚が転送してくれましたけど、できれば、次回はここ宛に」

『立花酒造』と印字された名刺を私はしかと両手の指にはさんだ。

「はい。約束します」

「地図は、地蔵ぬきでお願いします」

「はい、地蔵は二度と」

ようやく自然な笑顔を作れたのと、背中にむんわりとした熱を感じたのと、ほぼ同時だった。

後ろをふりかえった私の目に、ガラス扉の前で滝のような汗をしたたらせた知人のデザイナーが映る。

「あ、保井《やすい》さん」

「佐和田ちゃーん、地蔵が、地蔵が……」

「すみませんすみません、地蔵が、地蔵なかったですよね、迷われましたよね、暑いなか、ほんとにすみません、まずは涼んで、ひと息……」

息も絶え絶えの保井さんに、ナリキヨさんが「どうぞ」と席を譲った。今が去りぎわとばかりに「じゃ」と私に目配せをする。その手がギャラリーのガラス扉を開くと、蒸気のような熱気が再びどっと押しよせた。保井さんに冷たい麦茶を出し、地蔵の失踪をあらためて詫びると、私は「ちょっとだけ、すみません」と言いおき、ナリキヨさんのあとを追った。

空調に守られたギャラリーを一歩出るなり、全身、陽射しでびしょぬれになった。

そのからりとした熱に背中を押されるように、私は長閑《のどか》な民家の建ちならぶ通りの先に見える人影に叫んだ。

「ナリキヨさーん」

ナリキヨさんが足を止める。ふりむく。片手をふりあげる。空から蛍光の黄色をスプレーしたように、何もかもがまぶしくてよく見えないけれど、彼が笑っているのはわかる。

両手で手をふるなんて何年ぶりだろうと思いつつ、私は盛大に二つの手をふりまわした。

「ナリキヨさーん。今度は、一緒に、ごはん食べましょうねーっ」

蒸した空気の層の向こうで、ナリキヨさんも両手をふっている。

ああ、年をとるって、面白い。ナリキヨさんとの出会い、別れ、再会、別れ――その一連をおおざっぱに頭でたどり、心の底から私は思った。

年を重ねるということは、同じ相手に、何回も出会いなおすということだ。会うたびに知らない顔を見せ、人は立体的になる。路上のかげろうと同化していくナリキヨさんの後ろ姿を見送りながら、私は泣きたいくらいに強く、面白い、面白いと思いつづけたのだった。

カブとセロリの塩昆布サラダ

今晩の夕食は手抜きをしよう。清美がひそかな決意をしたのは、会社帰りに新宿の地下道を歩いていたときだった。

帰宅の人々で賑わう混雑時、前方からの人波に気をとられていた清美は、突如、背後から突っこんできた男に体当たりをされ、よろめいた。あっと思ったときには、すでにトートバッグが手から抜けおち、なかのものが盛大に散っていた。

あわてて膝を折り、行き交う足に今にも踏みつぶされそうな私物を拾う。財布、スマホ、ポーチ、名刺入れ、ハンカチ——本能的に高価なものからバッグへ戻していく。その最中《さなか》、頭上に立ちふさがる影に気づいた清美がふと首を上げると、当たった張本人の男がぼうっと彼女を見下ろしていた。

清美よりもふたまわりは年下とおぼしき三十前後の男。黒のダウンジャケットにデニムというありふれた装いで、顔がいやに青白い以外はさしたる特徴もない。異様なのはその目つきだ。自分のせいで見知らぬ女があたふたしているのを、悪びれるでも居直るでも手を差しのべるでもなく、完全なる無表情でながめおろしている。血も熱もない石のような瞳からはどんな感情も伝わってこない。ある意味、内包物のないダイヤモンドのように純度の高い無垢。

瞬時、怒りを忘れて見入っていた清美がはたと我に返って苦情の声を上げようとした矢先、男は音もなく立ち去った。

人を突き飛ばしておいて謝罪のひと言もない。まったく、近ごろの若い子ときたら。いよいよ世も末だと憤りながら地面の私物を回収した直後、清美は苦い胸中へ蜜を注ぐごとく、「今日はデパ地下へ寄ろう」と決めたのだった。こんな日には出来合の総菜で少々らくをしたところで罰は当たるまい、と。

主菜と副菜と香の物と味噌汁。都内のアパレル会社に勤める夫と結婚して以来、かれこれ三十年間、清美は毎晩の食卓にこの四品を欠かさず並べつづけてきた。それも徹底した手作りにこだわり、自慢のぬか床は言うにおよばず、サラダのドレッシングから餃子の皮、おでんの練りものに至るまで、すべて市販品に頼ることなく手ずからまかなってきた。残業厳禁の零細企業に勤めているとはいえ、共働きの身で三百六十五日の炊事はけっしてらくではない。それでも、「私が台所に立つ時間の総量と家族の健康は比例する」を座右の銘として、雨が降ろうと槍が降ろうと放射能が舞おうと、日々黙々と腕を奮いつづけてきたのだった。ほんの数年前までは。

いつからほころびが生じたのだろうか。夫の伸行《のぶゆき》が中間管理職となって残業が急増し、一緒に夕食をとることが稀になって以降か。一人息子の篤彦《あつひこ》が日本を逃れ、海の外へ身を潜めたころからか。あるいは、たんに自分が年をとっただけのこと？

大雑把に言うならば、抗いがたい歳月の流れが自分をとりまく環境を、そして自分自身を変質させていったのだと清美は思う。

基本的には、今も四品を手作りしている。けれど、ひどく疲れた日、ツキに見放された日、禍々しい事件に気がふさいだ日などは、副菜くらいならデパ地下で調達しても悪くないと考えるようになった。主婦だって、たまには誰かが作ってくれたものを食べさせてもらってもいいじゃないか、と。

実際、それは悪くなかった。百パーセント手作りのこだわりを捨てて以来、清美は足の小指一本分ほど我が家の台所から解放された思いがした。捨てきれずにいた「いい妻」「いい女」というくびきからも解き放たれて、いよいよ、堂々たるおばさんとして好きに生きられるような清々しささえあった。

会社の帰路、新宿駅と地下道で結ばれたデパートの食品売り場をうろつき、手抜きの一品を何にしようかと物色するのも楽しい。和食。洋食。中華。エスニック。きらやかにガラスケースを彩る惣菜の数々をながめているだけで、一日のストレス値が自然と軽減されていく。失敬な男とぶつかったその日、多種のサラダを扱う「ベジ&ヘルス」のブース前で足を止めたころには、清美はすでに先の不快感をぬぐい去っていた。

副菜はサラダで行こう。売り場が混みあっていたにもかかわらず、めずらしくすんなりと決まったのは、今夜の主菜は肉豆腐でいくという主軸がすでに固まっていたからだ。前日、近所のスーパーマーケットで特売の牛肉を仕入れてあった。肉と豆腐で蛋白質は十分。となると、副菜にはやはり野菜の緑がほしい。和風テイストで統一できれば尚よし。

条件と一致したのは、新商品の札を掲げた〈カブとセロリの塩昆布サラダ〉だった。カブもセロリも清美の好きな食材だし、見た目もつややかで新鮮そうだ。白と淡い緑の下地に昆布の黒を散らした配色も、どことなくスタイリッシュでパンチが効いている。百グラム三百三十円。値段もまずまずといったところか。

「すみません。この、〈カブとセロリの塩昆布サラダ〉を百五十グラムほどお願いします」

順番がまわってくるのを待って、清美は店員の女の子にいつものグラム数を告げた。毎度ながら、百五十という半端さにやや気後れするものの、あくまで副菜なので量はいらない。ちょっとした味と色彩の変化を食卓に添えるだけでいい。

「百五十七グラムでもよろしいですか」

「……ええ」

決まって少し多めによそわれるそれをトートバッグに収め、再びもとの道へ出る。数歩と行かずに清美は「ん？」と首をかしげた。何かがちがう。彼女が食品街にいたわずかのあいだに、地下道の密度が一転し、妙にざわざわと騒々しい。

新宿駅へ近づくほどに異変は顕著となった。満員電車さながらの混雑状態のなか、身動きがとれずに押し合いへし合いする人々の表情には一様に殺伐とした色がある。地上からはパトカーのサイレン音。どうせまた発砲事件でも起こったのだろう。やれやれ。げんなりしながらも清美は遅々として進まない群れのなかでこらえ、普段の数倍の時間をかけてホームへたどりついた。

これまた普段の数倍も混雑した電車に揺られ、駅から徒歩十分の自宅マンションへ帰りついたのは、その約四十分後だ。

どんなに疲れた日も、ツキに見放された日も、禍々しい事件に気がふさいだ日も、我が家の匂いに触れるとやはりホッとする。玄関の上がりかまちに荷物を置いた瞬間、今日という一日の重石が肩からどさっとこぼれおちていくように。

とはいえ、主婦としての仕事はまだ終わらない。大切なのはここでひと息ついたりはせず、再び動くのが億劫になる前に動きだすことだ。

寝室のクローゼットへコートをしまい、ラフな部屋着に着替えた上からエプロンをつける。左右のポケットに色とりどりのボタンをちりばめたペパーミント色のそれは、人目には触れないという前提で、清美のお気に入りだ。

狭い入口を冷蔵庫にふさがれた台所へ体を横むきにして入ると、早速、まずは米をといで炊飯器に仕掛けた。今日は副菜の手を抜いた上、主菜の肉豆腐も料理とは言えないほど簡単ときているので、気が軽い。牛肉と豆腐としらたき、そしてたっぷりのネギを深鍋に放りこんで、ぐつぐつと煮込むだけ。甘辛い匂いを立ちのぼらせるそれを弱火にかけているあいだに、横のコンロでナスとみょうがの味噌汁をこしらえる。ぬか床からは万年エースのきゅうりにご登板いただいた。ここまでは至極順調だった。

リズミカルな流れが滞ったのは、デパ地下で買ったサラダのプラスティックパックを開いたときだった。半月切りのカブと、一口大にカットされたセロリ。初めてそれを間近でながめた清美をある違和感が襲ったのだった。

おかしい。何かが変だ。視覚が、嗅覚が、主婦の勘がそう訴えている。

よくよく見入って、気がついた。カブがカブらしくないのである。

らしくない？

いや、たしかに一見はカブだ。たしかに白い。たしかに弓状の弧を描いている。けれどもカブにしては透明感がありすぎるし、カブ特有のなめらかな質感にも欠けている。

むしろざらざらと粗い印象さえ受ける。

どちらかというと――そう、どちらかというと、これは、ダイコンに似ている。ひとたびそう思ったが最後、清美の目にはそれがダイコンとしか見えなくなってしまった。

いや、でも、まさか。そこそこ名の通った老舗《しにせ》デパートで販売されている〈カブとセロリの塩昆布サラダ〉に、カブではなく、ダイコンが使われている？ ありえない。そう思いつつも、ためしに半月切りの一片を口へ放ってみる。

まず広がったのは塩昆布の塩気と化学調味料の人工的な旨味だ。その刺激が退くのを待って、ゆっくりと果肉を嚙みしめる。最初のひと嚙みで確信した。これはダイコン以外のなにものでもない、と。

「……嘘」

念のため、もう二片ほど慎重に玩味してみるも、やはりダイコンの味だった。果肉の繊維に独特の歯ごたえがあり、淡泊ながらも鋭角的なその風味は、際やかに鼻へ立ちのぼる。

これはどうしたことなのか？

いよいよ清美は混乱した。もしや、自分の記憶ちがいでは……と購入時のレシートを探して確認してみるも、そこにはやはり〈カブとセロリの塩昆布サラダ〉と印字されている。

まちがいない。ここにあるのはカブのサラダなのだ。なのに、カブが存在しない。代わりに、カブよりも安価なダイコンがセロリや塩昆布と戯《たわむ》れている。

偽装。不穏な二文字が清美の脳裏に去来する。あのサラダ屋は客を欺いているのか。自分はまんまと引っかかったのか。猜疑心がいや増す一方で、やはりこれは何かのまちがいではないかとの思いもぬぐえない。たとえ偽装をするにせよ、ダイコンをカブと偽るなんて、あまりに短慮で乱暴すぎる。バナメイエビを芝エビと称するのとはわけがちがう。

真相究明の道はひとつ。このもやもやを抱えたまま食事をする気になれず、清美はよしと決意した。レシートにあった番号に電話をし、デパートの総合案内に「ベジ&ヘルス」へのとりつぎを頼む。

「あの、私、一、二時間ほど前にそちらの地下で買いものをした早月《はやつき》という者ですが、購入したサラダについて、少しばかりお尋ねしたいことが……」

少々お待ちくださいませ。受付嬢の声とともに受話器からちろちろとしたメロディが流れだし、聴いても聴いても、それはなかなかとぎれなかった。

「お待たせして申しわけございません」

数分後にようやく聞こえてきたのは、またも受付嬢の声だった。

「大変恐れいりますが、今現在、売り場が非常に混みあっておりまして、責任者も接客中とのことです。手が空き次第、こちらから改めてお電話をさしあげてもよろしいでしょうか」

壁の時計を見ると、午後六時五十分。たしかに総菜売り場は五パーセントオフ、十パーセントオフの値引き合戦で沸騰している時間帯だ。しかたがないと清美は空腹をこらえて売り場責任者からの折りかえしを待った。

ようやく電話が鳴ったのは約三十分後、七時二十分をまわってからだった。

「『ベジ＆ヘルス』売り場チーフの藤木ですが、なんでしょうか」

最初の一声からして切り口上だった。長い待ち時間を詫びるどころか、このピーク時に邪魔しやがってと逆ギレをしている気配すらある。

予想外の先手にとまどいつつも、ひるんじゃいけない、と清美は受話器を握る手を力ませた。声から判じて相手の男はまだ若い。接客すらもまともにできないまま、売り場の都合で昇進した二、三十代の新米チーフといったところだろう。

「あのですね、おたくで買った〈カブとセロリの塩昆布サラダ〉に、カブではなくてダイコンが入っていたんですけど、これは、どういうことでしょう。食材表示……という以前に、サラダのネーミングからして問題がありますよね」

相手に負けじと強腰に突きつける。

返ってきたのは長い沈黙、そして、それに次ぐ憤慨の鼻息だった。

「まさか、そんなことあるわけないじゃないですか」

チーフ藤木は心外きわまりないとばかりに言い放ったのだった。

「カブのサラダに入っているのはカブです。ダイコンのわけがないでしょう」

「でも、たしかにダイコンなんですよ。そちらで買ったカブのサラダに入っていたんです」

「カブです。カブのサラダに入っているのはカブです」

「じゃあ、どうしてダイコンの味がするんですか」

「なぜって……ま、言ってしまえば、味覚の問題ってとこじゃないですか」

いよいよ本格的に感じの悪い男だ。

「私の舌がおかしいと？」

「味覚は人それぞれでしょうけど、とにかく、うちでカブとして扱っているものはカブです。ダイコンだったらダイコンのサラダと名づけます」

「ですよね。なのに、私が買ったカブはダイコンの味がするんです」

「どんな味がしようとカブはカブです」

「いいえ、ダイコンの味がするのは、ダイコンです」

絵に描いたような押し問答。不毛なやりとりの末、藤木は聞こえよがしなため息を吐きだした。

「そこまで言うなら、証明してくださいよ。うちで買ったカブのサラダに入っているのが、ダイコンだってことを」

「証明？」

「できるんですか」

「あのですね……」

頭がどうにかなりそうだ。が、ここで相手のペースに呑まれてはならない。落ちつけ、と清美は自分に言いきかした。いかなる場面においても、重要なのは落ちつきだ。パニック映画のなかだって、我を忘れて騒いだ人質がまっさきに殺される。

「このサラダを製造したのも、販売したのも、おたくの会社ですよね。私は消費者としてそれを買った者です。その商品に疑問があればこそ、こうして電話をさしあげたんです。私が、これがダイコンであることを証明する以前に、まずはおたくがカブであることを証明してくれるのが筋ではないですか」

企業責任。その意識の萌芽を期待して訴えるも、藤木は「筋、ねえ」とふてぶてしさをくずさない。

「じゃあ聞きますけど、いったい、どう証明すれば満足するんですか。カブの仕入れ値が書いてあるレシートでも見せれば、納得してくれるんですか」

あきらかに彼は清美を悪質なクレーマーと決めてかかっている。その揺るぎない懐疑的態度に、ここへ来て初めて、清美の胸にふと不安の影がさしこんだ。どうやら、藤木は本気であの根菜をカブと信じこんでいるようだ。失礼きわまりない対応ではあるものの、何かをとりつくろったりごまかしたりしている気配はない。

たしか、〈カブとセロリの塩昆布サラダ〉には新商品の札が立っていた。それを思いだした清美は少しばかり手法を変えてみた。

「あの、ひとつうかがいたいんですけど」

「なんですか」

「売り場の皆さんは、毎回、新しい商品の味見をされているんですか」

「それは、まあ、その……」

藤木は答えにならない答えを寄こした。

「ケース・バイ・ケースってところですかね」

この男は〈カブとセロリの塩昆布サラダ〉を試食していない。そう確信した清美はつぎなる一手に出た。

「では念のため、確認までに、食べてみてもらえませんか」

「は？　何を」

「あなたがカブと思っているものを、です」

藤木の沈黙にかぶせるように清美は強く迫った。

「仕入れのレシートなんて結構ですから、とにかく一度、食べてみてください。ご自身の舌で確かめてください。その上で、あなたがあれをカブとおっしゃるのなら、それはもう、それでいいですから」

味覚障害の一因となるジャンクフードや添加物が巷《ちまた》にあふれる昨今、カブとダイコンの区別がつかない若者がいてもおかしくない。そう思いつつも清美は藤木に食べろとくりかえした。無礼ながらも欺瞞の影はないこの男の舌に賭けたかった。

「はいはい、わかりました」

最後は粘り勝ちだった。

「私が食べて、はい、カブでしたって言えば気がすむわけですね。なら食べますよ。ただし、今はまだ売り場が混み合っていて、スタッフたちがてんてこまいしてるんです。自分だけのんきにつまみ食いをしているわけにいきませんから、あとで客足が引いてから、カブを食べてカブでしたと報告します。それでいいんでしょう」

また待たされるのか。心でぼやきながらも清美がそれを呑んだのは、受話器の向こうから洩れ伝わってくる喧噪から、たしかに売り場のドタバタぶりがうかがえるためだ。

「では、ご報告をお待ちしています」

はたして本当に報告は来るのだろうか。藤木は本気で試食をする気があるのか。怪しみながらも清美は受話器をもとへ戻した。

悪い予感は的中した。

七時四十分、五十分、八時——。

時間の経つのがひどく遅い。空腹なのに何も口にする気がしない。テレビの音も耳に入らず、雑誌を広げても目に映らない。カブ・ダイコン問題に決着がつくまでは何も手につきそうにない。

チーフ藤木からの報告を待つあいだ、清美はひと所にじっとしていられず、リビングの暖気が届かない台所を意味もなくうろつきまわった。流し台の上には、今も〈カブとセロリの塩昆布サラダ〉がパックに入ったまま放置されている。今もって素性のわからない半月切りの根菜。正体不明のものがひとつまぎれこんでいるだけで、空間全体にうろんな靄が立ちこめ、万物の輪郭を危うくしていくような心許なさがある。日常の土台を守る台所、その大事な砦が脅かされているかのように。

はたして自分の舌はどこまでの戦力となりうるのか。清美がじっとしていられない理由のひとつはそれだった。数分おきにパックへ手をのばし、ダイコンとおぼしき根菜を囓《かじ》らずにはいられないのもそのためだ。ぜんぶ食べ切ってしまえば証拠が残らないから、あくまでもひと囓り。たとえ数ミリの欠片《かけら》であろうと、ダイコンはやはりどこまでもダイコンだった。単に色と形状が近しいだけで、その味はりんごと柿ほどにカブからかけはなれている。

が、もしも、万が一、自分の舌や鼻に何らかの障害が生じているとしたら？

ふと自信が揺らぐたび、清美は自分が「だまされた消費者」と「ろくでもないクレーマー」の危うい線上にいるのを自覚し、ぞわりとする。

こんなとき、これはダイコンであると認め、共に主張してくれる誰かがそばにいてくれたら――。台所に援軍など求めたことのない清美も、今宵ばかりはそう願わずにいられなかった。

たとえば、夫の伸行。外食を好まない彼は、中間管理職になっていなければ今日もまっすぐ家へ帰り、一緒に夕食をとっていただろう。何を食べても美味しいともまずいとも言わない無口な男でも、ダイコンをダイコンと認めるくらいはできるはずだ。「これ、ダイコンよね」「ああ、ダイコンだ」「カブじゃないわよね」「カブのわけがあるか」。それだけでどんなに救われることか。

たとえば、息子の篤彦。追われるように日本を去り、遠国を転々とするようなはめに陥らなければ、彼はまだ何年かは母のもとにいてくれたはずだ。ママの手料理が恋しいよと今も電話で甘えてくれる。時にはスカイプで会話もできる。けれど、パソコンの画面ごしにサラダの味見をしてもらうわけにはいかない。

瑞恵《みずえ》なら――ふとある顔がひらめいた。大学時代からの旧友で、今も隣町に住んでいる瑞恵。気軽にたがいの家を行き来する仲の彼女なら——勢いこんでスマホへ手をのばしかけ、ダメだ、と清美はその指先を宙に留める。瑞恵はこのところ鬱状態で病院通いをしていると言っていた。弟を亡くして間もない彼女をサラダの食材ごときで煩わせるわけにはいかない。

結局、一人でやりぬくしかないのだ。むなしく思いをめぐらせた末、清美はその厳然たる現実へ立ちかえる。五十路を過ぎた女は白馬に乗って駆けつける援兵なんて期待してはいけない。これまで地道に積みあげてきた経験値が戦力のすべてだ。

まがりなりにも主婦歴三十年。その矜持《きょうじ》と意地が空っぱの胃袋の底で発熱する。そうだ、だてにこれまで手製の料理にこだわってきたわけではない。風邪で高熱を出した日も、子宮筋腫の手術をした夜も、私がやらねば誰がやるのだとふらつく体を台所に立たせ、この手で家族の食を守ってきた。この清美さんがカブとダイコンをまちがえるわけがないじゃないか。

主婦をなめんな。ぐつぐつと煮えたぎる火鍋のごとく、清美の闘志に火が灯る。カブとの関係性において、私は絶対、藤木みたいな小僧に一歩も引けはとらない。これまでいったいどれだけのカブ料理を手がけてきたと思うのか。カブの鶏そぼろあんかけ。カブのポタージュ。カブと牡蠣のクリーム煮。カブと厚揚げの炒め煮。カブの千枚漬け。カブと山椒の浅漬け。カブなます。カブとカブの葉のおじや。カブとキャベツと自家製ソーセージのポトフ。カブラ蒸し。カブと菜の花の茶わん蒸し。カブの海老しんじょ。カブの皮のきんぴら。カブとパルメザンチーズのリゾット。カブとあさりの炊きこみごはん。カブのバター醤油焼き。カブときのこのホットサラダ。蒸しカブのバーニャカウダ。カブの挽肉づめ。カブとベーコンのクリームパスタ。カブのペペロンチーニ。カブとしめじの明太子パスタ。カブのペペロンチーニ。カブと塩辛のパスタ。カブと油揚げのおろし醤油。カブの葉とジャコのいなりずし。カブの梅肉和え。カブのごま和え。カブと鶏肉のピリ辛炒め。カブと自家製チャーシューのチャーハン。カブのオイル蒸し煮。カブとコーンのミルク煮。カブと豆腐の中華煮。カブとホタテの白ワイン煮。カブのいそべ焼き風。カブとはまぐりのおすまし。カブとぶりの煮つけ。カブと骨付き豚バラ肉のシチュー。カブとほうれん草と鮭のグラタン。カブソテーのあん肝載せ。カブと白身魚のアクアパッツァ。カブと生麩の白味噌雑炊。おせち用の菊花カブ。カブのとびこ和え。カブのお焼き。カブとシジミの蒸し煮。カブと鶏挽肉の水餃子。カブとニンニクの芽と牛カルビ肉のオイスターソース炒め。カブの黒酢漬け。カブの塩こうじ漬け。カブのピクルス。カブと蟹の泡雪あんかけ。カブと高野豆腐の炊いたん。カブとツナと大葉のサラダ。カブとザーサイのサラダ。カブときゅうりの塩レモンサラダ。カブの味噌田楽。カブとしいたけの重ね蒸し。カブのフライ自家製タルタルソースがけ。カブとスナップえんどうの黒胡椒ソテー。カブと手羽先のコチュジャン炒め。カブと桜エビのチヂミ。カブとカマンベールチーズのコロッケ。カブ明太。カブと卵のおかゆ。カブとタコのトマト煮。カブとブロッコリーのカレーミートグラタン。カブのカルパッチョ風。カブステーキのきのこあんかけ。カブと手羽肉のじぶ煮。カブの葉としらすのだし巻き玉子。カブと豚バラ肉の春雨スープ。カブと卵のスープ。カブ天。カブピザ。カブわさ。カブしゃぶ――。

まだまだある。いくらだって思い出せる。いわんやダイコンに至っては、この数倍のレパートリーを列挙できるだろう。その気になればつくればぽ1000人超え殿堂入りもちょろいであろうこの私が、買ったサラダに入っていたカブをカブに非ずと断じたのだ。見た目、食感、香り、のどごし、後味、すべてにおいてこれはダイコンであると認定したのだ。まだ尻の青い総菜売り場のチーフが何を言うものぞ。

清美の鼻息がいよいよ荒くなったそのとき、冷蔵庫の巨体ごしに、ようやく電話の呼びだし音が鳴り響いた。時計を見ると、八時十五分。

あせってはならぬと逸《はや》る心を抑え、清美はいざやとその音源へ進む。ひとつ深呼吸をして余分な力を抜き、すっかり冷えきった手で受話器を持ちあげる。

「大変お待たせいたしまして、誠に申しわけございません」

聞こえてきた丁重な声はチーフ藤木のものではなかった。

ぶしつけながら、私、××デパート地下食品街総菜コーナーの主任をしております、北里《きたざと》と申します。いつも当店をご利用いただきまして、誠にありがとうございます。又、このたびはお買い上げいただきました商品の件で、早月様には多大なるご迷惑をおかけいたしまして、誠に申しわけございません。

え、あ……藤木？　相済みませんが、売り場のチーフは目下、どうしても席を外せない立場にありまして、失礼ながら私のほうから代わって……はい、じつはですね、今日はもともと売り場の人手が足りない上、閉店時間が近づいてとりこんでいるようでして。……はい、はい、もちろんでございます。のちほど藤木からも連絡があるかと思いますが、まずは私のほうからご説明まで。

早月様のお買い求めになった〈カブときゅうりの塩昆布サラダ〉ですが……はっ、相済みません、〈カブとセロリの塩昆布サラダ〉ですが、まず、このサラダは本日初めて「ベジ＆ヘルス」の店頭に並んだばかりの新商品でございました。そのため、あってはならないことですが、当店の売り場スタッフと、「ベジ＆ヘルス」本社とのコンセンサスに不備があったようでございます。

本日、藤木チーフより、その……早月様からいただいたご指摘について報告を受けまして、私ども、ただちに調査に当たりました。その結果、誠に恐縮ながら、なんとも不面目な事実が発覚いたしまして。

……いえいえ、そんな、偽装なんてことはめっそうもございません。〈カブとセロリの塩昆布サラダ〉にカブが使われていたことは、嘘偽りのない事実でございます。はい、事実です。ただし、ダイコンも使われておりました。ええ、ダイコンも、です。

……左様でございます。問題はその比率にございまして……その、「ベジ&ヘルス」の本社が申すに、この新商品につきましては、百二十グラムのカブに対して二百五十グラムのダイコンが材料として使われていたそうなのです。

……はい、はい、左様でございます。誠に恥ずかしながら、カブの倍量を超えるダイコンがサラダの材料として使われていたことになります。

……はい、はい、はい、おっしゃるとおりでございます。それならば、商品名は〈ダイコンとセロリの塩昆布サラダ〉とすべきでした。あるいは、〈ダイコンとカブとセロリの塩昆布サラダ〉と。私どもの管理が甘く、お客様の信頼を損なってしまいましたこと、誠に申しわけございません。

「ベジ&ヘルス」の本社曰く、売り場の者たちには販売に際して、カブとダイコンを均等に入れるよう指示をしたとのことですが、その伝達がうまく機能しておらず、売り場スタッフたちは認知していなかったと申しております。結果的に、誠に不面目ながら、早月様がお求めになられたサラダに一切れもカブが入っていなかった、という事態が生じてしまった次第でございます。心よりお詫びを申しあげます。また、本社と協議をしました結果、〈カブとセロリの塩昆布サラダ〉は、本日をもちまして販売終了とさせていただくことになりました。

……はい、本日発売されたばかりではございますが、今さら分量を変えるのも、名称を変えるのもいかがなものかという話になりまして……ええ、ええ、もちろん責任は重々受けとめております。今回の不祥事につきましては、「ベジ＆ヘルス」本社も私どもも猛省し、今後、二度とこのようなことがないよう、総力をあげて管理体制の強化に努めていく所存です。

返すがえすも、早月様には多大なるご迷惑をおかけしまして、誠に申しわけございませんでした。平にお詫びを申しあげます。それでは失礼いたします、ごめんくださいませ……。

「あの、ちょっと待ってください！」

クレーム処理のプロによる氷上を滑るがごとき舌の回転に圧倒されていた清美は、北里主任が一方的に話を締めにかかるに当たって、ようやくはたと我に返った。

「ご事情はわかりました。でも……」

頭で理解するのと心で納得するのとは、またべつの問題である。

清美が買った〈カブとセロリの塩昆布サラダ〉になぜダイコンが入っていたのか。その謎はたしかに解明された。百二十グラムのカブに対して二百五十グラムのダイコン。

そんなことがあっていいのかはべつとして、いかにもありそうなみみっちい話だとは思う。正義がどうの、倫理がどうのと、大仰な言葉をふりかざすつもりもない。

けれど、「誠に相済みません」を連発されて、「はい、わかりました」と水に流すには、清美はあまりにもこの夜、カブとダイコンに翻弄《ほんろう》されすぎた。「ダイコンよね」「ダイコンだ」とうなずきあう相手のいない孤独に耐え、自信と不安の狭間でもみくしゃになりながら電話を待ちつづけた、あの時間をどうしてくれるのか。人をイカれたクレーマー扱いした藤木はどこへ消えたのか。

「あの、ご丁寧なご説明はありがたいんですけど、なぜ……その、なぜ、あなたなのでしょうか」

「は？」

「私、チーフの藤木さんからのご連絡をずっとお待ちしていたんです。サラダのカブを食べて、その結果を報告してくださるとのことでしたので」

「ええ、藤木は食べたはずですよ。その上で、どうもサラダの材料がおかしいと、私どものほうに報告があったわけですから」

「ですけど、その報告は私がいただくことに……」

「ええ、ですから……」

北里主任の声に初めていらだちがにじんだ。

「先程も申しあげましたが、本日は売り場の人手が足らず、藤木は今もまだ身動きのとれない状況にあります。ですので、私が売り場責任者として、代わってご説明をさしあげた次第です」

「カブはダイコンだったと……」

「は？」

「食べてみたら、やっぱりダイコンだったと、そのたったひと言を報告できないほど、藤木さんはお忙しいのでしょうか」

絶え間なく動かしていた舌を止め、受話器のむこうで北里主任が沈黙した。代わりに聞こえてきた鼻息ともため息ともつかない音が、清美の耳をひやりとさせる。

「承知しました。藤木からは後ほど、必ず謝罪の電話を入れさせることを、ここにお約束いたします」

「いえ、謝罪ではなくて、報告を……」

「その上で、早月様にお買いあげいただいたサラダのお代金は、私どもが責任をもって返金させていただきます」

「はい？」

「百グラム三百三十円のサラダを百五十七グラム、しめて五百十八円でございますね。早急に振りこみの手続きをいたしますので、銀行の口座番号を教えていただけますか」

慇懃《いんぎん》でありながらもその物言いは威圧的で、これでいいだろう、これが目当てなのだろうと見下された思いがし、清美は受話器をもつ手を凍らせた。この電話を受けたときから感じつづけてきた違和の正体をやっとつかまえた。結局のところ、北里主任にとって清美は百グラム三百三十円のサラダを百五十七グラム買った客にすぎないのだ。彼女が描く清美の像には、五百十八円の値札がついているにちがいない。もしも相手が百万円の宝石を買った客だったなら、彼女はけっして唐突に「返金するから口座番号を教えろ」などと迫ったりはしなかっただろう。

「返金は、結構です」

カブとダイコンを見きわめるがごとく、清美はその胸にうずまく屈辱をなめるように吟味し、自分の心が求めるところを声にした。

「私はべつに、お金がほしいわけでも、謝罪がほしいわけでもありません。ただ……ただ、私は今夜の副菜として、〈カブとセロリの塩昆布サラダ〉を食べたかっただけです。ですから、どうか食べさせてください」

「はい？」

「ちゃんとカブの入った〈カブとセロリの塩昆布サラダ〉を、今夜中にうちへ届けてもらえませんか」

「おたくへ？」

「ええ。できれば、チーフの藤木さんとご一緒に。責任をとるって、そういうことじゃないんですか」

それが職場であろうと、家庭であろうと、これまで自分が引くことで事がまるく収まる場合には、黙って引いてきた。我慢には慣れていた。が、今夜だけは一歩も引きたくない。それが清美の切なる心の声だった。

援軍なき五十女の戦いの、これが最後の正念場だ。クレーマーの本領発揮と思われたっていい。五百十八円ぽっきりの客が大きく出たもんだと、社員食堂でネタにされてもかまわない。ただ、買ったものは食べさせてもらう。

「来てくださるまで待ってます」

有無を言わさぬ清美の語勢に、北里主任がこくんと息を呑みこんだ。


小雨が降りはじめたのは気づいていた。数年前、夫を説きふせて増設した台所の出窓が細かな滴を透かしていた。けれど、いつのまに雪へ変わっていたのだろう。

「大変遅くなりまして、誠に申しわけございません」

サラダの到着を待つこと五十分。ようやく鳴ったインターホンに「すぐ参ります」と応じ、マンションの共同玄関まで降りていった清美がまず驚いたのは、自動ドアのガラス越しに舞う羽毛のような雪だった。

つぎに、北里主任とおぼしき女性の横に、チーフ藤木とおぼしき若い男がいるのに驚いた。

藤木は本当に来たのだ。屈折した表情で床のタイルをにらみ、けっして清美を見ようとはしないけれど。

「このたびの不祥事、誠にお詫びの言葉もございません。弁解になりますが、このようなことは当店でも前例のないケースでございまして、ご満足いただける対応もできず、誠に不面目のかぎりで……」

やせた体に地味なグレイのコートをはおった北里主任は、清美のことを「五百十八円の客」から「五百十八円のわりには面倒くさい客」とインプットし直したようだ。電話対応をしくじった自覚もあるのか、ここからがプロの面目躍如とばかりに滔々《とうとう》と詫びを入れつづける。電話の声からして四十前後と想像していたが、どうやら五十は超えているようだ。いずれにしても母親の帰りを待ちわびる小さな子どもがいる年齢ではないと、清美はひそかに安堵の息をつく。

逆に、藤木のほうは想像よりも若く、その顔立ちは意外なほどにまだあどけなかった。せいぜい二十代半ばといったところか。カーキ色のミリタリージャケットに黒のデニムというファッションも今風で、北里主任と並ぶといかにも親子のように見える。母親に首根っこを引っぱられて謝罪に来た子どものように固い目をして立ちつくしている。

彼はなぜ顔を上げないのか。なぜ何も言わないのか。へこんでいるのか。ふてくされているのか。

どうでもいいか、と清美は急に疲れて考えるのをやめた。いずれにしても彼は今、茶髪の頭に雪を散らしてここにいる。彼らが到着するまでの五十分間は、はるばる足を運んだ二人をこれ以上責める気がしないほどには、清美を冷静にさせていた。

今日一日、いったい何人の客があのサラダを買ったのか。それを思うと今も複雑な気分にはなる。カブの素性に疑問を抱いた人は相当数いたはずだ。が、これまでの経緯から察するに、清美以外の客から店に苦情がもたらされた気配はない。皆は黙って泣き寝入りをしたのか。泣くほどのことではないと鷹揚《おうよう》に看過したのか。追及するのが億劫だったのか。カブ以上に自分の味覚を怪しんだのか。まさか、ダイコンをダイコンと言えないほどの萎縮が世間を覆っているのか――。

いずれにせよ、清美同様のもやもやを抱えて一日を終えるであろう人々のことを思えば、あのサラダを販売中止にすることですべてをなかったことにする店側の決着は、やはり「誠の誠意」からはほど遠い。

それでも、と清美は思う。その決着を選んだのも、百二十グラムのカブに対して二百五十グラムのダイコンを混入しようと決めたのも、今、ここにいる二人でないのはあきらかだ。決定権を握る人々は、今ごろ家の湯船でぬくもっているのかもしれないし、夜の街で愛人といちゃついているのかもしれない。

「もういいです。カブのサラダさえいただければ、私は」

謝罪の匠《たくみ》さながらに詫びつづける口に清美がストップをかけると、北里主任は長らく伏せていた目をすっと水平に持ちあげ、うやうやしくデパートの紙袋をさしだした。

「では、こちら、カブが入っているのをしかと私どもで確認させていただいた〈カブとセロリの塩昆布サラダ〉でございます」

つられて清美もうやうやしく押しいただく。サラダの入った紙袋は百五十グラムにしては重く、ゆうに二百グラムはありそうだ。

「ご苦労さまでした」

「返すがえすも、誠に申しわけございませんでした」

カブの受け渡しがつつがなく終われば、もはやたがいに用はなかった。プロの仕事を果たした北里主任が、任務完了、いざ撤退、とばかりに後ろ足を引く。藤木もそれに続くのかと思えば、身じろぎもせずにまだうつむいたままでいた。

「さ、行きましょう」

北里主任にうながされ、藤木がようやく顔をあげる。その目が初めてまともに清美をとらえた。

「報告が……」

まばたきをくりかえす彼を見た刹那《せつな》、清美は直感した。彼はへこんでいるのではなかった。ふてくされているのでもなかった。ただ、恥じていたのだ。

「報告が、遅くなってすみません。その、言いわけですけど、今日、急に連絡つかなくなったバイトの遅番がいて、またなんかあったのかって心配だし、売り場は人が足りなくて修羅場だし、で、その……」

カブどころではなかった。そのひと言をのどもとで留め、藤木が唇をひくつかせる。心の余裕を失ってさえいなければ、あんがい素直な青年なのかもしれない。清美の肩から力が抜け落ち、同時にお腹がくうと鳴った。

「カブ、食べてみました？」

照れ隠しに尋ねると、藤木はもぞもぞと身を揺すった。

「食べました。カブでした」

「え」

「でも、二切れ目に食べたのは、ダイコンでした。三切れ目も、四切れ目も、ダイコンでした」

衝撃的すぎてマジえずきました、と藤木が苦い顔をし、ジャケットの袖で口もとをこする。

「疑って、すみませんでした」

勝った――とは、もはや思わなかった。ただ、今夜の孤軍奮闘が報われた。受話器を握りつづけた右手の気だるさが溶けていくのを感じながら、清美は小さくほほえんだ。

「二切れ目も食べてくれて、ありがとう」

藤木の瞳が再びせわしなく瞬きをはじめると、言葉をつまらせた彼の肩越しに、北里主任がまたしゃべりだす。

「本当に、二度とこのような不祥事を起こさぬよう、私どもも管理体制を強化し、万全のかまえで……」

それをさえぎり、藤木は言った。

「俺……これからは俺、新商品はぜんぶ試食します。本社の連中も、管理部の奴らも信じない。絶対、自分でぜんぶ食べてみますんで」

野太い声で宣言し、バッと威勢よく一礼するなり、まわれ右をして大股に歩きだす。自動ドアをくぐりぬけ、大降りになってきた雪のなかへ去っていくその後ろ姿を、北里主任が急ぎ足で追いかける。白いドットに覆われていく二人の影を見つめるほどに、紙袋のカブが重みを増していくように思われ、清美は右手のそれを両手で抱えなおした。

午前〇時すぎに帰宅した夫の伸行は、食卓の皿が普段よりも多いことに気づいたようだった。通常は四品のところが、五品。しかも、そのうちの二皿には見たところ寸分たがわぬサラダが盛られている。

「こっちが、〈カブとセロリの塩昆布サラダ〉」

瞳で説明を求められ、清美は片方を指さした。

「で、こっちが、〈ダイコンとセロリの塩昆布サラダ〉」

さらなる説明を求められるかと身がまえるも、伸行はふうんと不審げに眉を寄せただけだった。似たようなサラダが並んでいる理由にも、そこに秘められた背景にも、あえて問うほどの興味はないようだ。下手に触ると厄介な長話がはじまりそうな勘が働いたのかもしれない。

男なんてこんなものだ。二種のサラダよりもむしろ肉豆腐へ食指を動かしている夫を前に、清美はつくづくと思う。毎日毎日、目の前に出されたものをただ胃へ押しこむだけ。それらが供されるまでの過程になどつゆも思いを馳せず、残さず食べれば夫合格と勝手にハードルを下げている。

「そういえば、新宿と池袋でまた発砲事件があったらしいな」

じろじろ見られて居心地が悪いのか、伸行が重い口を開いた。

「新宿は、君、大丈夫だったのか」

「大丈夫じゃないわよ。駅が混んじゃって、大変よ」

「一人は捕まったそうだな」

「誰？　犯人？」

「ちょっと、テレビ」

清美がリモコンでテレビをつけると、深夜のニュース番組でまさに二件の発砲事件が物々しく報じられていた。例のごとく、どちらも突発的な無差別攻撃らしい。奇跡的に死者は出ていないようだが、負傷者は多数いる見込み。

テレビ画面に映しだされた写真の容疑者はまだ若い。ながめているうちに清美は妙な気持ちに駆られてきた。どことなく見覚えがあるような。なぜ？　誰？　どこで？　まじまじと目を凝らす。

とくにこれといった特徴のない容貌。感情のないのっぺらぼうの顔。内包物のないダイヤモンドのような――あ、あの男だ。清美に体当たりをして突きとばし、無言で立ち去った彼と似ている。

「どうした」

他人のそら似の可能性もある。いよいよ若者の顔が皆おなじに見える年になったのかもしれない。忙しく思いをめぐらせる清美はよほど奇妙な顔をしていたのか、仲行が怪《け》訝《げん》そうに箸を止めた。

「なんかあったのか」

「べつに」

「べつにって、なんだ」

「ちょっと考えちゃって」

「何を」

「発砲事件がなかったら、そのサラダもなかったかもって可能性」

「何を言っているのかね、君はまた。神妙な顔して、サラダのことなんか考えていたのか」

　あいかわらずのんきな人だと苦笑する伸行の口ぶりもまたのんきなものだったが、それは彼のなかに不安を封じこめる堅牢な場所が整えられているからであるのを清美は知っていた。

　頻発する攻撃に抗う最善の道は、国民全員が平常心をもってして日常の営みを守ること。「一億総平常心」を標榜する首相のもと、順応性が高い日本人たちはとても上手に日常を演じて、もはやどこまでが演技なのかもわからない。自分の通勤路で発砲事件が起きても動じない、この平常心がどこまで正常なのか、清美自身ももうわからない。ただひとつ言えるのは――少し歯車が狂えば息子の篤彦であったかもしれない容疑者の写真と向き合うにつれ、なぜだか急に、我知らず涙がこみあげてきて、清美は懸命にそれを押しとどめた。ひとつ絶対に言えるのは、こんなわけのわからないご時世であればこそ、せめてカブはカブでなければならないし、ダイコンはダイコンでなければならないということだ。

「決めた」

「は？」

「私、デパ地下とは今日かぎりで手を切るわ。明日からはまたオール手作りよ。雨が降ろうと槍が降ろうとね」

よしっ、とこぶしを固くする清美を前に、伸行は困惑顔で首を揺するも何も問おうとはせず、代わりにふわあと大きなあくびをして、箸でつまんだカブともダイコンともつかない一片をその口へ放りこんだ。

ママ

1　ママの誕生

嘘だった。あなたの過去はまがいものだった。私たちの結婚生活は、偽りの集積だった——。

あんまりな裏切りに我を失い、替えの服やら下着やら化粧品やら柚清《ゆずきよ》のミルクやらおむつやらを手当たり次第にスーツケースへ詰めこんでいたあのとき、あなたが語る弁解の言葉は、もはや私に届いていなかった。かき乱された夢のように歪んだ非現実感のなか、なぜだろう、私の耳の奥では、いつか聞いた「あの声」だけがおぼろに響いていた。

「ねえ、わかるかしら。かなしみには、ざっくりわけて、ふたつのタイプがあるのよ。

ひとつは、重たいものが心にすみついて、はなれないタイプ。もうひとつは、心からすべてをとりあげられて、からっぽにされてしまうタイプ。重たいかなしみには、じきに、なれることもできますわ。時間をかければ、その重さにたえられるくらい、わたしたちは頑丈になれるかもしれない。やっかいなのは、からっぽのほうよ。こっちのかなしみは、ほんとうに、わたしたちをむしばむの。こじらせると、よくないことになる。とてもよくないことに」

あれを私に語ったのは誰?

一語一語は鮮明に、その抑揚までもはっきりと耳に焼きついているのに、声の主がどうしても思いだせない。まるで背景のない人物画のように、埋没した記憶の闇から声だけが這いあがってくる。こんなことってある?

いずれにしても、昨夜の私が厄介な側の悲しみに取りつかれていたのはまちがいなかった。私はすべてを取りあげられた。すかすかの心にはあなたをなじる気力すら残っていなかった。何もないから、涙も出ない。夫婦というのはこんなにも簡単にこわれてしまうものなのか。ひとたび事が起これば、共に過ごした年月などは風に舞う古新聞も同然なのか。むなしさに萎れた腕でどうにか柚清を抱きかかえ、スーツケースを引きずってマンションの部屋を飛びだした。最後まで何かを言っていたあなたが何を言っているのか一つもわからなかった。

ああ、こんなことになるなんて。

後部座席のチャイルドシートに柚清を固定し、二百キロ先にある妹のマンションをめざして車のハンドルを操りながら、私は私の失ったものたちのことを一心に思った。これまで積みあげた時間。夫婦の信頼。家庭の安らぎ。そして、あなた自身。思い出が亡霊のように立ちのぼっては消えていく。

私たちは仲のいい夫婦だった。仲のいい夫婦とは得てしてそういうものなのか、あるいは私たちが特異なのかはわからないけれど、可能なかぎり相手と深くつながりたい、できるならば完全に融け合いたいという大それた願望をたがいに持てあましていた。

故に、私たちは多くの言葉を必要とした。二人がめぐり会う以前の過去を、これまでどれほど熱心に尋ねあい、語りあったことだろう。不自然に切りはなされていた日々の空白を、どれほど懸命に埋めようとしたことだろう。

とりわけ私はママの話が好きだった。幾度もせがみ、くりかえし聞くことで、あなたのママは義母というよりは実母のような温度をもって、私の過去へ溶けこんでいった。

「くどいようだけど、俺は、自分から好きこのんで『ママ』なんて呼んでたわけじゃないんだ。ママのほうから『ママ』の名乗りをあげた。そこだけはちゃんと踏まえてくれ」

あなたは何度も断りを入れた。本当はとうに信じていたのに、私が疑うふりをしたのは、ママの誕生にともなうエピソードが気に入っていたからだ。

「ある日、突然、ママが俺に言ったんだ。『お母さんとよばないで』『ママとよんでちょうだい』『ママになるのが夢だったの』『だって、小さいころからずっと、わたしのあこがれの人は、ムーミンママだったから』。最初は冗談かと思ったよ。でも実際、ママはムーミン・シリーズの大ファンだったんだ。アニメじゃなくて、トーベ・ヤンソンの原作のほうだよ。暇さえあれば全九巻のうちのどれかを読み返していた」

長い物語を読める年齢になってから、あなたはムーミンママへの興味にかられ、ママに倣ってムーミン・シリーズを手に取った。そこで初めて、ママが家のなかでもけっして黒いクラシカルなハンドバッグを手放さない理由を知った。それはムーミンママの必須アイテムだったのだ。

料理をしながら口笛を吹く。花を愛でる。雨の音を聴くのが好き。陰に陽を軽妙に織りこんだムーミンの世界に、あなたはママとムーミンママを結ぶいくつかの類似点を発見した。そのことに満足して読書を終えた。あなたの関心がそれ以上ムーミンママへむけられることはなかった。

それをめぐっては、あなたと出会ってからムーミン・シリーズに心酔した私とのあいだで、何度も議論が持ちあがった。

「わからないわ。理解できない。ママに育てられたあなたが、ムーミンママに魅力を感じなかったなんて」

「魅力を感じなかったってよりも、スナフキンやちびのミイのほうに、より大きな魅力を感じたってことだよ。だって、俺はまだ子どもだったんだから。主人公の母親に共鳴するガキがどこにいる？　ムーミンママってのは、サザエさんママのフネさんみたいな存在なわけだし」

「ばかね、タラちゃんママのサザエさんに決まってるじゃない。きちんと読めばわかるはずよ。ムーミン・シリーズの主人公はムーミンなんかじゃない。ムーミンママよ。ムーミンママの寛容と博愛が、変人だらけの仲間たちを束ね、ムーミン谷を守ってるのよ」

あなたへの反論はあながちおおげさなものでもなく、私は本気でムーミンママに入れこんでいた。そして、その思慕はそっくりあなたのママへ投影された。カメラ嫌いだったというママの写真を私は見たことがなく、だからこそよけい、想像上の彼女にあのムーミンママの母性あふれる容姿を重ねずにはいられなかった。

実際、ムーミンママに負けずおとらず、あなたのママは愛情深い人だった。物心がついたときから、一人息子のあなたが必要とするとき、ママはいつだってそばにいた。必要な言葉を必要なときに必要なだけ与えてくれた。そして、必要のないことはしなかった。過干渉は彼女がなにより厭《いと》うところだったから。

ある日、幼稚園の砂場でぼうっとしていたあなたを、先生の一人が「こんなところにいないで、一緒に遊びましょう」と、ほかの子たちの仲間に入れようとした。あなたは首を横にふった。そういう気分ではなかったから。けれど先生は有無を言わせず、「さあ」「さあ」と羊飼いのようにあなたを園児たちの群れへ追いたてた。

家に帰ったあなたからその話を聞くと、ママはめずらしく苦い顔をしてみせた。

「こまったものねえ、お砂場でぼうっとしている時間もあたえてくれないなんて。子どもにとって、おともだちといっしょにいる時間とおなじくらい、ひとりでいる時間が大切だってこと、わかってくれるおとながすくないのは、不幸なことだわ」

その言葉のとおり、あなたが一人でいたいとき、個として世界とむきあうべきときには、ママはいつでも姿を消していた。出すぎたことは断じてしなかった。あなたが一人でいたくないのに一人になっているとき。体をこわして弱っているとき。悩みを抱えてふさいでいるとき。そんなときにこそ、ママは今が出番とばかりに生き生きと躍動するのだった。あなたのそばで陽気に歌をうたい、手厚く看病し、悩みに耳をかたむけ、表情豊かに愉快な話をしてくれた。ムーミンパパさながらに気まぐれで家に居着かなかった父親のぶんまで、ママが一人で家庭を照らしていた。まさにムーミン谷を照らすムーミンママの如く。

その光が永遠に失われた日のことを、いまだかつてあなたははっきりと口にしたことがない。まだ成人して間もなかったあなたにとって、それはあまりに酷な喪失だったのかもしれない。今でも触れるのが苦しそうなあなたを見ると、私も聞くのが苦しくなり、どちらからともなく苦しくない過去へと視線をそらしてしまう。よって、あなたの人生におけるその期間だけ、ママの死にまつわる部分だけが、あなたと私の過去をへだてる唯一の空隙となっている。

その暗い谷間にまやかしがひそんでいただなんて、いったい誰が思うだろう？

そうだ。十人中十人、百人中百人がこう考えるはずなのだ。

怪しむべきは「ママの誕生」でも「ママの死」でもなく、「ママの復活」であるはずだ、と。

2　ママの復活

そう、ママは復活した。「心のなかに生きつづける」「夜空の星になる」等のファンタジックな復活でも、「夢枕に立つ」「いたこの口を借りる」等の遠まわしなそれでもなく、文字通りの堂々たる幽霊化である。

「嘘」

最初こそ愕然とした私も、あなたから話を聞くにつれ、なるほど、そういうこともあるか、ママならば復活してもふしぎはないかと考えるようになった。

「ママはまったくママのままだった。黒いハンドバッグを手にさげて、以前と少しも変わらない姿で俺の前にあらわれた。そして、四十度の熱にうなされていた俺に言ったんだ。『しょうがない子ね、こんなに疲れちゃって』と」

久しぶりにその声を聞いたあなたは、ようやく自分がとほうもなく疲れきっており、それが高熱以上に重大な問題であったのを悟った。

当時のあなたは、弱冠二十八歳にして、知らずしらず人生の窮地へと追いこまれていた。ママが復活せざるをえないほどの、のっぴきならない崖っぷちへ。

早い話が、忙しすぎたのだ。

「大学を出て三年目に、やっと、とある金融会社の正社員になれた。労働条件も賃金も最悪の立派なブラック企業だったけど、派遣の時代が長かった俺はその職場にしがみつこうとした。ぼろ雑巾の絞り汁みたいになるまで働いた。毎日くたくたで、みるみる痩せて、視力は落ちて、髪は薄くなって、血尿まで出たよ。それでも、俺は派遣の不利な立場にもどりたくはなかった。それどころか、サービス残業や休日出勤を買ってでたり、社内の催しや接待ゴルフにも率先して参加したりして、会社にとって好都合な社員になろうとした。いつ過労死してもおかしくないような毎日から抜けだすには、出世して人を使う側にまわるしかないと思いこんでたんだ」

　奔放な放浪生活の末に女の紐になっていた父親とは、とうに義絶していた。あなたが社員の座にしがみついた裏には、まともに生きられない父の血を継いでいることへの恐れがひそんでいたのかもしれない。がむしゃらに働くことで、あなたは父親から逃れ、あなた自身の人生を切り拓こうとした。しばしば体が警告音を鳴らすように変調をきたしても、市販の薬で刹那的にごまかし、けっして仕事を休まなかった。

　とはいえ、ママが復活したその日の朝だけは、どうしてもベッドから起きあがることができなかった。なにしろ四十度の熱だ。全身のだるさと関節の痛み。視界もかすれて起きあがるどころか枕から頭を起こすのもしんどく、断腸の思いであなたは会社へ欠勤を告げる電話をした。

「その日は一日中、落ちつかなかった。とにかく会社のことが気になって、熱にうかされながらも仕事のことばかり考えていた。家で寝ているその時間がもったいなくて、もったいなくて、泣けてきそうだった。ああ、こんなところで寝ている時間があればあれもできる、これもできる、俺は何をやってるんだろうって」

　今この瞬間にも同僚たちがあの手この手で自分を出しぬき、差をつけられているのではないか。そう思うと気が気ではなく、あなたはやきもきと時計ばかりを気にしていた。とうに克服したはずの爪を嚙む癖をよみがえらせて。

哀れにすりへっていく十の爪。少年時代を思い起こさせるそのギザギザのせいだろうか。夜空に月がのぼるころ、ふと耳もとでなつかしい声がしたとき、あなたは自分でもふしぎなほどすんなりとそれを受けいれていた。

「どきっとしたなあ」

とつぶやいたときには、すでにママの復活を歓迎していた。

「しょうがない子ね、こんなに疲れちゃって」

ママもママでしゃらりとしたものだった。復活についてなんら具体的な説明もないまま、やれやれ、とあきれ顔であなたの額に手を当て、淡々とお説教を口にした。

「ねえ、考えてもごらんなさい。あなたはいま、四十度の熱にうかされて、床についているのよ。りっぱな病人よ。さぞやつらいことでしょう。くるしいことでしょう。なのにあなたは、自分の体ではなく、時間のことでくるしんでいる。あなたはここにいるのに、あなたのいないところで流れている時間や、あなたに見えない人たちのことで。ああ、なんてすっとんきょうなことでしょう！　あなたは、いまこのときをくるしむだけで十分のはずなのに。どこの世界に、こんなばかげたことがありますか」

どこの世界に？　あなたは朦朧《もうろう》とした頭で考え、おそらく、この国の至るところに自分と似たボロボロの社員がいるにちがいないと結論した。と同時に、ママの言う「ばかげたこと」の意味が、その掌を伝ってすっと額にしみこみ、自分もふくめてその全員がたしかにひどくばかげているのを認めた。高熱にうんうん唸っているときですらも時間に追われているなんて、悲惨を通りこして、醜悪だ。

なぜ、こんなことになってしまったのか。

いつ、どこで、何をまちがえたのか。

「いいのよ、いまはなにも考えなくて。時間をかければ、そういうことは、自然とわかることだから。いまのあなたがすべきは、体のいたみをいたむこと、くるしみをくるしむことだけよ。そのことにゆっくりと時間をつかって、あとは、たっぷり眠ること」

おっとりとしたその声が夢でも幻でもないのを確信していたあなたは、久方ぶりの深い安堵感に抱かれ、その日はすやすやとよく眠った。

ママが復活するほどに自分が弱っていたのを知ったのは、長い眠りから覚めてからだった。

どん底から一歩離れて、初めてわかることもある。腹がへった。奥のキッチンにママの気配を感じながらそう思ったとき、あなたは自分がずいぶんと長いこと食欲を失っていたのに気がついた。おいしい。ママ特製のなつかしい玉子粥をすすりながら、味覚すらも麻痺していたのを知った。寝室の野花を毎日替えてくれるママの手厚い看護を受けながら、あなたはそうして一つ一つ、知らぬ間に失っていたものたちを取りもどしていった。その代償として仕事を失ったものの（欠勤三日目に「もうおまえの席はない」と申し渡された）、もはや会社に未練はなかった。ひとたび正気を取りもどしてみれば、なぜあんな職場にしがみついていたのか我ながら理解に苦しむ。あんなところで他人を蹴落としてまで、自分はいったいどんな未来を確保しようとしていたのだろうか。

ややもすれば陰へ傾く心に陽を注ぐように、ママは毎朝、高らかな鼻歌とともに部屋のカーテンを開き、あなたに朝日を拝ませた。「たくさん風をあびなさい」「夜は天窓をあけて眠りなさい」「はちみつを食べなさい」。どれも子どものころから言われてきたことだ。

「体がすこしらくになったら、本をお読みなさい。問題の多くは、自分だけの問題にとらわれすぎることから生まれるものよ。ろくでもないことは、いくら考えたって、ろくでもないままだわ。本を読めば読んだだけ、あなたはあなたから解放される」

太陽と、風と、はちみつと、読書と——そして、なによりもママの存在があなたを回復させた。たっぷりと時間をかけてあなたは蘇生した。少し前までは血の尿を流していた体に、精気としか名づけようのないエネルギーが巡っているのを感じたとき、自分はもう大丈夫だとあなたはママに告げた。

「ありがとう。おかげで今、俺は小学五年生にもどったみたいに、元気で、身軽で、うずうずしてる」

「小学五年生？　それは、それは、まあ」

「せっかくだから、新しい職探しをはじめる前に、少し遠くへ行ってきたいんだけど」

「ええ、それがいいわ」

なんでもお見通しのママは何も聞かずに賛成してくれた。

「お行きなさい。ずっと気になっていたのでしょう」

そう、朝から明け方まで仕事漬けの毎日を凌ぎながらも、あなたは心のどこかで二年前に震災の被害を受けた土地のことを気にしていた。日々の繁忙を理由に何もせずにいたことへの後ろめたさもあった。今からでも、何か自分にできることがあるのなら——。

探したら、あった。

あなたはそこへ向かった。

およそひと月後に帰宅したとき、あなたが予期していたとおり、ママはすでに姿を消していた。それっきり二度と復活することはなかったから、残念ながら、私は憧れの彼女に一度も会えないままでいる。

3 パパの来襲

そう、ふつうに考えれば、端《はな》からありえないことだった。あなたの話は大本からして常軌を逸していた。疑うことなく信じた私が愚かだったのかもしれない。

かもしれない、ではなく、愚かだったのだろう。

だろう、ではなく、愚かだった。

けれども私はあなたを信じたかったし、それ以上に、あなたの過去を絶えず照らしていたママなる存在を信じたかった。

あなたの語るママがとても好きだった。

だからこそ今日、あなたのお父さんが突如あらわれ、容易には信じがたい真相を告げたとき、私は心がすっからかんになるほど打ちのめされたのだ。

「ごめんください」

お父さんはなんの前触れもなく、ひどく気楽に、ひょっこりと、私たちが暮らすマンションの一室を訪れた。まるで、何か独創的な思いつきから放浪の旅へ出たムーミンパパが、ふらりと家へもどってきたかのように。

いや——私がそんな印象を抱いたのは、きっと、あなたのせいだ。これまでムーミンパパとお父さんをあえて混同させるような表現を積みあげてきたあなたの誘導だ。気分屋。放浪好き。いつも家にいない。私をお父さんに会わせたくないがため、あなたは彼を不在の人物に仕立てあげていた。

実際のところ、彼はいつも家にいたのだ。

いないのは、あなたのほうだった。

「せがれは、私の再婚相手とどうしても相容れず、むしろ反抗するばかりで、ついにはひとつ屋根の下で暮らすこともままならなくなって、家を出たんです。それ以降は茨城に住むうちのじいさん……つまり、せがれにとっての祖父のもとで暮らすことになりまして。うちの家系はなぜか女が短命で、ばあさんも早くに逝っていたものですから、じいさん一人に息子を押しつけるのは気が引けたのですが、ほかに頼れる当てがあるでもなく。その後もいろいろありまして、私と息子は今じゃすっかり音信不通ですが、じいさんを通じて近況は聞いておりました。あなたと結婚したことも、子どもが生まれたことも。虫のいい話でしょうが、孫ができたと知って以来、会いたい、ひと目見たいとの思いが日増しにふくらみ、どうにも収まらんのです。何度かこのマンションの前まで来て、そのたびに引きかえしました。が、今日はどうにも引きかえすことができませんで……本当に、今さら、のこのこと相済まないことで」

先入観を取りはらって接するに、あなたのお父さんには放浪者というよりはむしろお役人のようにしゃちほこばった堅さがあり、事実、長らく区役所に勤めていると聞いて耳を疑った。

「あの、失礼ですが」

慣れない手つきで柚清をひざに抱く彼に、私は頭の整理がつかないまま言った。

「夫は高校卒業後、東京郊外で一人暮らしをしながら、奨学金をもらって大学に通っていたと聞いています。茨城のおじいさまのもとで暮らしていたというのは……？」

「ええ、ですから、それは私が再婚して間もないころのことです。せがれはまだ三つかそこいらでしたよ」

ますます混乱が深まる。

「でも、ママ……お母さまが亡くなったのは、彼が成人してからですよね。そののちに再婚されたとなると、そのお相手が家に入ったとき、夫はもう大学生で、一人暮らしをしていたはずです」

もしかしたら、一見まだ若く見えるお父さんの脳内では、すでになんらかの記憶障害が起こっているのかもしれない。そんな疑念を瞳にこめた私に、お父さんはそっくりおなじまなざしを返した。

「あの、少々誤解があるようですが、私の最初の家内が亡くなったのは、せがれが二十歳をすぎてからではなく、二歳のときですよ」

「はい？」

「二歳です。ですから、せがれは実の母親をおぼえていないはずです」

「え、じゃあ、ママは……」

「はい？」

「すみません。その、じゃあ、夫が慕っていたお母さんというのは、再婚相手の方かしら」

「慕う？」

とんでもない、とお父さんは目の下に痙攣を走らせた。

「先ほども申しあげましたが、せがれは新しい妻を毛嫌いし、一緒に暮らしだして一年とせずに家を出ているんです。じいさんのところへ行って以降は、一切、接触していないはずです」

「でも、ママは……」

「いません」

「……」

「物心がついて以来、息子に母親は存在しませんでした」

存在しませんでした――。

どんなに必死で目を凝らしても、お父さんの瞳のなかに嘘や欺瞞や狂気の色を見つけることはできなかった。彼は彼にとって至極当然の事実を述べているだけだった。

あったことをあったこととして。

いなかった人をいなかった人として。

4　ママの再来

せがれと再婚相手の軋轢《あつれき》につきましては、多分に私の責任もありまして、今でもすまないことをしたと思っています。早まったことをしてしまったと。どうせ新しい母親ができるなら小さいうちがいいと、私は最初の妻を亡くして一年あまりで再婚してしまった。幼いながらに、しかし、子どもというのは鋭く嗅ぎつけるものですね。ええ、この際ですから正直に申しますが、再婚相手との関係は、妻の生前から私が秘めていたものでした。せがれが徹底的に再婚相手を拒否したのは、どこかでそれを感じとっていたせいだと思えてならんのです。私があいだに入ってうまく立ちまわればよかったのでしょうが、妙なばつの悪さもありまして、一歩引いてしまった。逃げていたんです。せがれの体にあざがあるとじいさんから聞かされるまで、新しい女房がせがれに手をあげていたことさえ知らんかったのです。はあ、せがれが、父親は家に居着かなかったと？　そうかもしれません。ひとつ屋根の下にいたころから、私はせがれにとってかぎりなく影の薄い、存在しないも同然の父親だったのかもしれません。

柚清の毛布の下に大金を忍ばせた封筒を隠してお父さんが立ち去ってから、あなたが会社から帰ってくるまでの数時間が、どれほど長く、耐えがたく感じられたことだろう。

私はあなたを疑いたくなかった。たとえあなたの話（ママが復活する）より、お父さんの話（誰も復活せず、取りかえしのつかないことは取りかえしのつかないまま置き残されている）のほうが遥かに信じやすく、この世の道理に適っていたとしても。リアリティの点であなたに一縷《いちる》の勝ち目すらなくても。それでも、私はあなたに断固として言いはってほしかった。嘘ではない、俺たちのママはけっしてまやかしではなかったと。

だからこそ、私の追及に色を失ったあなたがお父さんの話をすんなり認めたとき、私は私たちの過去ごとざっくり斬って捨てられた思いがしたのだった。

わからない。あなたはなぜ存在しないママの話などを私に語って聞かせたのか。それも頻繁に、とっておきの貴重な思い出のように。その上、端《はな》からいないママを死なせて、復活さえさせた。なんの意味があったのか。

私の脳裏には数多の謎が渦巻いていたものの、もはやそれをあなたにぶつける気力もなかった。なにやら必死で弁解しているあなたの声が声に聞こえない。あなたがあなたに見えない。こうして人は人を失うものなのか。

おそらく子ども時代のあなたはさびしかったのだろう。いもしないママをでっちあげずにいられないほどの孤独にとらわれていたのだろう。それを思うと胸が軋む。けれど、子どものころのあなたがどんなに不遇であったとしても、大人のあなたは家族となった私にあんなでまかせを語るべきじゃなかった。

あなたから話を聞くたびに募らせていたママへの憧憬。あなたを介して私は会ったことのないママとつながれている気でいた。子ども嫌いを公言していた実の母とは心を通わせたことがなく、愛することも愛されることもとうに放棄していた私にとって、あなたのママはこの世の誰よりも私のママだった。

さびしかったのはあなた一人じゃない。


自分が泣いているのに気づいたのは、ハンドルをきつく握りしめながら、夜陰が垂れこめる高速道路を飛ばしていたときだった。

心はからっぽなのに、なぜ泣いているのか。この涙はあなたのせいなのか、実母のせいなのか、それともいやらしい自己憐憫か。

柚清は敏感だ。鼻をすする私に呼応するように、後部座席からむずかる声が聞こえた。火がついたように泣きはじめるのは時間の問題だ。離乳食に切りかえてひと月になるけれど、夜泣きには今もミルクが一番いい。

闇に沈んだパーキングエリアへ車を停めた。ご当地グルメも土産物ショップもない、トイレと自動販売機だけのパーキング。錆びたベンチで一休みする人々の影はまばらで、静まり返ったそこには一種独特の倦怠感が浮遊していた。誰もが車の運転に飽き飽きし、かといって、急いでたどりつきたいほどの目的地もない。そんな夜の静寂。

私はその一角で柚清をあやしながらミルクを与えた。満腹になると彼は泣きやみ、またすやすやと寝息を立てだした。

ああ、そうだ、この子がいる。自分のすべてを奪われたとしても、この子がいれば私は生きていける。

再び涙がこみあげてきた、そのときだった。

「ねえ」

夜陰にするりと「あの声」が忍び入った。

「わかるかしら。かなしみには、ざっくりわけて、ふたつのタイプがあるのよ。ひとつは、重たいものが心にすみついて、はなれないタイプ。もうひとつは……」

それはたしかに私が以前に聞いたあの声であり、あの話だった。

私はぞくっと身震いし、恐るおそる声の主をふりむいた。

彼女がいた。私とおなじベンチの横、一人分くらいの空間を置いたところで、スマートフォンへむかって淡々と持論を説いている。

「からっぽのタイプは、とてもよくないわ。こっちのかなしみは、ほんとうに、人間をむしばむの。とにかく、いまはたっぷり休んで、風をあびることね。そして、はちみつを食べること。冬ごもりをするまえの熊みたいにね。大事なのは、あなたのいないところで流れている時間にとらわれないってことよ。だって、そこにあなたはいないのだから」

いないのだから。その一語を最後にスマートフォンを耳からはなし、彼女が「ね」とふりむいた。まるでさっきから私と話をしていたかのように。

私の瞳孔はさぞや盛大に開かれていたことだろう。

「今日はおかしな夜だわ。あっちでも、こっちでも、手がやけますこと。こんな夜は、あなたみたいに、ピクニックにでるのが正解ね」

「え」

「でも、もうこのへんでいいでしょう。ピクニックはここまで。あなたはおうちへお帰りなさい」

ほほえまれると、震えが止まる。心を落ちつけ、私は彼女に言った。

「あなたは、誰ですか」

「もしよかったら、ママってよんでちょうだい。夢だったのよ、ママになるのが。想像以上に気ぜわしいものだったけど」

くすくす笑いながら彼女は「さて」と腰を浮かし、「行くわね」とその場を立ち去った。車の並んだ駐車場ではなく、ヘッドライトが激しく行き交う高速道路のほうへ。この人はどこから来てどこへ行こうとしているのか。そんな疑問を投げるすきもないほど軽やかな足どりで。そのふくよかな手が黒いクラシカルなハンドバッグをさげているのを認めながら、私は柚清を胸に抱きよせ、まだ口のまわりに残っているミルクの匂いを吸いこむことで胸の鼓動を鎮めようとした。

思い出していた。記憶の封印が解け、突如、色濃くよみがえった。

数年前のあの日、あなたと出会うよりも前に、私が彼女と出会っていたことを。

5　ママとの遭遇

その朝、こわれそうな私は山手線を走る電車のなかにいた。本来ならば田町で降りてとうに出社をしているはずが、有楽町を過ぎても、秋葉原を過ぎても、なおも電車のなかにいた。力が入らないとはこういうことなのだと全身でたしかめながら。

よくないことが重なった。恋人との別離。同僚との衝突。上司からの遠回しな肩叩き。マンションの隣人からの不条理なクレーム。当時の私はまるで集中豪雨のようなトラブルの連鎖に見舞われていた。思えばその前年、長らく闘病していた父が亡くなり、相容れない母一人が残されたころから、私の深いところではじわじわと浸食がはじまっていたのかもしれない。

そして、ついに陥没した。直接のきっかけはその前夜、母から電話で「妹の結婚が決まったけど、将来的にあなたに介護してもらう気はないから、何があってもうちには帰らなくていい。長女であることは気にするに値しない」と、取りこし苦労の釘を刺されたことだろうか。「その代わり、あなた名義の積み立てを老後の生活費にまわさせてもらいます」。まさに父が案じていたとおりの展開で、それまでの母を思えばさもありなんの一語に尽きたのに、それでもまだ私は傷つくのかと、娘であることを捨てきれない自分の弱さに傷ついた。

どこへも行けない私を乗せて電車は山手線をぐるぐるとまわりつづける。太陽が天頂へ近づくほどに、車両からはスーツ姿の会社員が減り、吊り革につかまる人影が減り、座席の余白が開けていく。入れかわり立ちかわりあらわれては消えていく人々のなかで、私だけがいつまでもそこにいた。

誰も私を気にしない。ということは、私はいないも同然だ。思わず手首の青筋に見入った、その直後だった。

「ねえ、わかるかしら。かなしみには、ざっくりわけて、ふたつのタイプがあるのよ。ひとつは……」

となりに居合わせた女性がふいにこちらをふりむき、旧知の友のような口ぶりで語りだしたのだ。

「重たいかなしみには、じきに、なれることもできますわ。時間をかければ、その重さにたえられるくらい、わたしたちは頑丈になれるかもしれない。やっかいなのは、からっぽのほうよ。こっちのかなしみは、ほんとうに、わたしたちをむしばむの。こじらせると、よくないことになる。とてもよくないことに」

あなたは誰？　なぜ急にそんなことを？　とてもよくないこと？

聞きたいことは多々あったのに、目が合った瞬間、私はとっさに口走っていた。

「もう、永遠にここから降りられない気がするの」

「ええ、そうでしょうとも。そんなときもあるわ」

彼女はほがらかにうなずいた。

「でも、この電車はこういうケースにおあつらえむきとは言えないわね。だって、どこへもたどりつかないんだもの。おりて、べつの電車へのりかえてみたらどうかしら」

「べつの電車？」

「よりどりみどりよ」

「でも、どれに？」

「どれかよ」

「どれかって……どこへ行けばいいのか」

「どこでも、たどりついたところへ行ってみるっていうのはどう？」

いともおおざっぱに勧めると、彼女は停車した電車の窓からホームをのぞきこみ、

「あら」と両手で口を覆った。巣鴨、巣鴨とアナウンスの声が流れていた。

「行かなくちゃ」

　去り際の早さが彼女の特徴だ。そそくさと席を立ち、さようならも言わずにホームへ急ぐ背中を、私はあっけにとられたまま見送った。ふくよかで、それでいて軽快な後ろ姿だった。その腕のひじのあたりにはたしかに黒いハンドバッグがさがっていた。

6　ママの踏襲

「もしもし、お姉ちゃん？　どしたの？　遅いじゃん」

「うん。あのね、ごめん。今日は行くのやめた」

「え、そうなの」

「うん、もう大丈夫だから、気にしないで」

「なあんだ、しょせんは痴話喧嘩か。ま、よかったよ」

「それより、一つ聞きたいんだけど。あなた、小さいころに黒いハンドバッグをさげた女の人に会ったことある？」

「え、なにそれ。黒いハンドバッグをさげた女の人なんて、至るところにいたと思うけど」

「そうじゃなくて、あなただけの特異な体験としてっていうか」

「あ、それって口裂け女の一種とか？」

「じゃなくて。その人は、その、あなたがそばにいてほしいときだけあらわれて……」

「妖精系？」

「やっぱりいいや。ありがとう。ごめん」

「お姉ちゃん？」

　誰もが会っているわけではない。おそらく彼女を必要とする人間のもとにだけ、時として彼女はあらわれる。

　名づけようのない彼女。

　しかし、敢えて名づけるならば、やっぱり彼女はママなのだろう。

　あなたの。私の。そして、ほかの誰かの。

「小さいころ、ここってときに、いつもママはいたんだ」

「大人になったらいなくなった」

「そういう存在なんだと思ってた」

「それでもママはママだった」

　スーツケースに荷物を押しこむ私に必死で訴えていたあなた。今ならばその声が聞こえる。意味が伝わる。説明はつかない。けれど、彼女はたしかにいたのだ。

「私もママに会ったの」

そのことをあなたに早く告げたくて、夜道を引きかえす車のハンドルを握る手が力む。汗ばむ。柚清が後ろに乗っている。安全に、安全に。でも、早く帰りたくてしょうがない。しんとしたリビングで私たちを待っているあなたのもとへ。

どこから話そうか。どう話そうか。私もかつてママに救われていたこと。数年前、ママの勧めに従って長距離電車へ乗りこみ、訪れた北の地であなたと出会ったこと――。あなたは信じてくれるはず。なにせママのことだ。驚くには価しないのだ。そう、あせることはない。まずは熱い紅茶を淹れて、アカシアのはちみつをたっぷりと垂らそう。その湯気であなたをあたためながら、ゆっくりママとの邂逅《かいこう》を語ろう。あなたがあなたのママを分けてくれたように、私のママを分けよう。おそらくこれで最後――もう二度と私たちの前にあらわれることはないであろうママを。

なにせ彼女は忙しい。そういつまでも煩《わずら》わせてはいけない。あなたのために、柚清のために、これから先の世界を照らしていくのは、私だ。

むすびめ

実家へはしょっちゅう帰っているのに、その駅のホームに足がすくんだ。人も車もネオンも乏しい駅前通りの、いつもとおなじ静けさに意味を探ってしまう。年ごとに増えていくシャッターの開かない店舗。一灯だけが切れたままの街灯。後ろ脚を引きずって目の前を横切っていく黒猫。

やはり今日、私はここへ来るべきじゃなかったのではないか。急な残業を頼まれ、出足が遅れたのもその啓示ではないか。

生まれ育った故郷の町に、初めて、「帰る」のではなく「赴《おもむ》く」思いで、私はその地を踏んでいた。足が重い。行きたくない。できるならば引き返したい。でも、行かなきゃいけない。

蒸した大気に滲《にじ》みでる汗と、もう一種べつの汗に肌をしめらせ、私は水の膜を掻くようにして目的の店をめざした。

駅から徒歩三分の居酒屋チェーン店。未成年者の飲酒がまだゆるやかに見逃されていた高校時代は、クラスの飲み会でよくここを使っていた。予約が必須だった当時はこの界隈にもまだ活気が残っていたのだろう。

長い歳月を経た今、その窓ごしに見えるフロアには空席が目立っていた。心なしか照明も暗い。手垢だらけのガラス戸には『十名様以上の宴会コース四時間飲み放題三千五百円！』と、持ってけ泥棒的なローカル料金を謳《うた》ったチラシの影。

とっさに今夜の会費が脳裏をかすめた。三千五百円。つまり少なく見積もっても今、九人以上の元クラスメイトたちがここに集っている。

ガラス戸へ伸ばしかけた指先がこわばる。返すがえすも残業がうらめしい。あれさえなければ今夜、私は満を持して開会の十分前に到着し、めだたない隅の席を確保できたはずだった。つぎつぎとあらわれる元クラスメイトたちが私の姿に驚いたとしても、それは小さな波の連なりにすぎない。

遅れた者には大波が襲う。飲み放題の開始から一時間もすぎれば、もう座は十分にあたたまっているだろう。たがいの近況も出尽くし、そろそろ共通の思い出話に花が咲くころだ。となると、彼らは十中八九、あの話をしているはず。

息を整え、覚悟を決めてガラス戸を押し開けた。「宴会コースのお客さま、ご案内でーす」。安っぽい法被《はっぴ》を引っかけた店員に続いて奥の個室へ足を進めるあいだ、私は十五年、十五年、十五年……と、過去と現在を隔てる年月の長さを一心に思った。干支をひとまわりしてもまだお釣りのくる時間。あれから何度の震災に見舞われ、何度の五輪が開かれ、何人の総理大臣が生まれては消えていったことだろう。実家の両親には兄嫁が産んだ二人の孫ができ、祖母は他界し、私は三人の男と寝た。

そう、私はもうランドセルを背負った少女じゃない。腕にかけていたジャケットを鎧《よろい》のようにまとい、いざや、と仕事仕様の営業スマイルで個室へ臨んだ私は、しかし、一斉にふりむいた瞳の圧にたじろぎ、ひとたまりもなく臆病な十二歳へもどっていた。

「あれ、琴ちゃん?」

「飯田さんだ」

「飯田かー」

一瞬、しんと静まった酒席のあちこちから、ぽつぽつと声が立ちのぼる。横一列の長テーブルをかこむ面々は、ざっと見で二十人程度。どの顔も軽く引きつって見えるのは自意識の産物か。とっさに声を失い、どこに座ればいいのかと立ちすくんでいた私を救ったのは、六年二組でおなじグループだったあっちんだ。

「琴ちん、こっち、こっち。ひさしぶり!」

昔と変わらないその鼻声になごみ、手招かれるまま歩みよった私に、まわりの女子たちが少しずつ移動して席を空けてくれた。同時に、おてふきと小皿、割り箸のセットが端からまわってくる。ありがとう、と言うたびに私は彼らの顔に昔の面影を探すも、すぐには名前が浮かばない。

「琴ちん、なに飲む？」

「えっと、グレープフルーツサワー」

「ＯＫ。グレープフルーツサワーひとーつ、お願いしまーす」

あっちんの声にかぶせて「俺、ナマもうひとつ」「赤ワインもう一本」などと数名が追加注文し、宴席にほどよいざわめきがもどった。

「琴ちん、元気にしてた？　卒業以来だよね。つっても、あんまり変わってないね」

「うん、あっちんも変わらない。すっごいひさしぶりなのにね」

「琴ちん、来ないんだもん、同窓会。でも、今回は参加にマルしてたって聞いて、会えるの楽しみにしてたんだ」

「ごめんね、なかなか予定が合わなくて。こんなに来てると思わなかった」

「そう、この会、同窓会にしては異様に参加率高いみたいで。カズがいつもはりきって幹事してくれるから……あ、琴ちん、知ってた？　カズが池袋でラーメン屋、開いたの」

「えーっ、知らない。店長？　すごいね」

「あとさ、みさきが一時期、グラビアアイドルやってたの知ってる？」

「あ、みいちゃん、グラビアに転向したんだ」

「いつまでも子役じゃやってけないもんね。ま、グラビアだって甘くはないし、結局、ヘアまで出したのにパッとしないまま引退して、マネージャーの人と結婚したらしいけど」

「結婚かあ」

俗に言うところの浦島太郎状態を体感しながらグレープフルーツサワーで乾杯し、軽く緊張がほぐれたところで、今回の参加者たちをあらためて見まわした。

彼はいるのか、いないのか。本当のところ、この小部屋に踏みこんだ瞬間から、私の頭を占めていたのはそれだけだった。

奥山恭一くん。十五年前の彼を頭に描きながら、一人ひとり、テーブルをかこむ男性陣の顔と照らしていく。

ちがう。

ちがう。

ちがう。

ちがう。

――あ。いた。

おなじ並びの端のほう、四人の女子をはさんだ奥で、隣席の男子と話しこんでいる。

どこか観音めいた額とあごのライン。男子にしてはなめらかな白い肌。やや重たげな奥二重。まちがいない、奥山くんだ。トレードマークの白シャツは黒シャツに変わっても、内側からにじみでる温厚な雰囲気は変わらない。

意外と近くにいるのを知ったとたん、鼓動がうるさく騒ぎだした。

「飯田は今、なにやってんだっけ」

テーブルの対面から茶髪の男子に呼びかけられ、ハッと体のむきをもどす。

「かたい仕事？　正社員？」

「あ、うん、飲料メーカーの販売部」

「お、手堅いな」

「数字の計算ばっかりだけど」

「正社員なだけいいよ。俺なんか正の字もらったことないぜ。求人はねえし、バイト先でもゆとり世代ってだけで差別視されるし、俺ら、つくづくツイてねえよな」

正の字に逆行するがごとく、まばゆい黄緑のTシャツを着た茶髪男子――思いだした、牛乳を鼻から飲めるボンチョだ――のぼやきに、「ほんと」「マジ、マジ」と周囲から共感の声が飛ぶ。

「なにかっつーと、円周率3って習ったんでしょとか言われるし。ちゃんと習ってるっつの、3・14くらい」

「世間の連中、ゆとり世代がマジでのんびり生きてきたと思ってんだよね。学校の勉強が減ったぶん、うちら、どんだけ塾に通わされたことか」

「しかも、ゆとり教育の失敗作あつかいされてるし」

「あ、そういえばさ、あの番組が打ち切られたのも、ゆとり教育の失墜と関係あるって説、知ってた？」

「え、なにそれ」

「あの番組が？」

「なんで、なんで」

あの番組。そのひと言に、俄然、みんなの食いつきが変わる。

「だから、ゆとり教育が失敗に終わって、授業数がまた増えて、教師も生徒も忙しくなって、そんで番組の参加校が減ったって説」

「マジかよ」

「ゆとりと心中か」

「ま、たしかに、ゆとりがなきゃ出らんないけどね、あんな番組」

「練習、ヘビーだもんなあ。俺らもよくやったよなあ。そんでもって本番はあっという間に……」

「水の泡」

そうつぶやいた女子の一人が、はたと私をふりむき、「ヤバ」という顔をした。たちまち頬を赤らめ、こわばった目を伏せる。それが感染したかのように、座のあちこちからひじを突きあう気配が伝わり、ついには全員が目を伏せた。

ああ、やっぱり。気まずい沈黙のなか、私はなつかしい疼《うず》きに身を委ねる。

だれも忘れていない。忘れるわけがない。

奥山くんは？　背をかがめ、彼の横顔を盗み見た。例の静かな表情。でも、心なしか口もとが力んでいる。

知らず知らず、左の足首に手が伸びていた。そこに、目に見えない生々しい跡が今もあるのを確認するように。

彼と私を、彼らと彼らを、私たち全員をひとつに結んでいた紐の跡。

過去にはなっていない。過去のみんなと再会し、あらためてそれを思い知る。

あれから十五年が流れても、何人の男と寝ても、もはや「男子」「女子」というような年ではなくなっても、私は今もあの紐に縛られつづけている。

最初のひと目から、そもそも、その紐は怪しかった。

朝礼のあと、担任の真梨江《まりえ》先生が大量のそれを紙袋からとりだした瞬間、のっぴきならない異物が六年二組の教室にもぐりこんだのを、私は直感したのだった。

「真梨江先生」

外界から洩れ入る匂いに子どもたちは敏感だ。落ちつきをなくしたのは私だけではなく、不穏にざわめくクラスメイトの一人が掌を突きあげて質問した。

「それ、なんですか」

「見てのとおりの紐よ」

「なんの紐ですか」

「足紐」

「足紐？」

「そう。こうやってね、みんなの足と足を結ぶの」

真梨江先生の手が紐の一本をつかみあげ、その両端にあるマジックテープを重ねた。小さな輪を象《かたど》ったそれは、ただの直線であったときよりも尚、禍々しい。教室はいっそうどよめいた。

「なんじゃそりゃ」

「なんで足を結ぶんですか、先生」

「結んでどうすんの、先生」

警戒心と好奇心のうずまく教室を、真梨江先生は余裕の笑顔で見まわした。まだ若く、モデルのように足が長かった彼女は、その美しいルックスで子どもたちから高い支持率を誇っていた。

「結んで、走るのよ」

「へ」

「発表します」と、真梨江先生は高い鼻を天井へ傾け、晴れやかに宣言した。「私たち六年二組は、30人31脚に挑戦することになりました」

刹那、真空のような静寂が広がった。ほんの数秒だ。深く屈んでから跳ぶように、つぎの瞬間、爆発的な興奮が教室を呑みこんだ。

「ええーっ」

「うっそー」

「オレらが？」

「あの番組に？」

「なんで、なんで、なんで」

「先生、これ、どっきりじゃないの？」

三十人の小学生が足を結んで一列に並び、50メートル走のタイムを競う『30人31脚』。テレビ局が参加チームを募り、練習から試合へ至るまでをドキュメント風に追ったその番組は、当時、まだ放映を開始して間もなかったにもかかわらず、早くも話題を呼んでいた。熱血教師の特訓。子どもたちの挫折と克服。汗。涙。友情。成長。笑顔。そのベタなドラマ仕立てもさることながら、30人31脚という競技そのもののインパクトが当ったのだろう。若き情熱を燃やす対象は無意味であればあるほど、ピュアに観る者の胸を打つ。

「先生、なんでうちらがあの番組に出るんですか」

「そうだよ。なんでうちのクラスが？」

ざわめきやまないみんなの問いかけに、真梨江先生の返事は軽かった。

「あの番組のスタッフに、私のともだちがいるの。いい思い出になるから挑戦してみないかって、こないだ、飲み会で誘われて」

「えーっ、そんだけ？」

「酒の席の話じゃないっすか」

一気にずっこけた私たちに、しかし、真梨江先生は意気揚々と続けた。

「でも、たしかにいい思い出になりそうじゃない？　運動会やマラソン大会とはちがって、30人31脚は正真正銘、人生に一度きりだもの。このチャンスを逃したら、もう絶対、二度とチャンスはめぐってこないよ。校長先生も賛成してくれたし、ね、やってみようよ。絶対、もりあがるって」

そう言う真梨江先生が一番もりあがっているのは一目瞭然だった。

「結果はどうであれ、きっと忘れられない思い出になるから。六年二組だけの特別な経験。うちのクラスがぴったり三十人なのも、なんかの運命かもしれないし」

「なんの運命っすか」

「30人31脚に出る運命？」

「っていうか先生、ともだちがスタッフにいると、なんか有利になるんですか」

「ううん、条件はほかのチームとおんなじ。テレビでやってる決勝へ進むには、まずは地方の予選会で優勝しなきゃ。ただし、ぶじに勝ちぬいて決勝まで行けたら、注目のチームとしてテレビにいっぱい映してくれるって」

テレビ。その一語で風向きが一転した。教室中を翔けまわっていたクエスチョンマークが、一瞬にしてエクスクラメーションマークに早変わりし、面倒くさがっていたみんなの目が現金に光りだす。インターネットもまださほど普及していなかったその時代、テレビは私たちの憧れすべてを映しだす夢の箱だった。

「どう？　みんな、テレビに出たくない？」

「出たい！」

「出たい！」

「出たい！」

「出たい！」

「出たい！」

出たくない――マイノリティの心の声がカウントされることはなく、かくして、六年二組の参戦が決まった。四ヶ月後の地方予選へむけ、組をあげての一大イベントが幕を開けたのだった。

「予選で勝つには、まずは練習。一にも二にも練習よ」

自慢の長髪をポニーテールにまとめた真梨江先生のもと、練習はもっぱら朝の授業前と、隔週で休校になる土曜日に行われた。放課後は部活や塾があるとの声に阻まれ、日曜日も塾や公開テストがあると保護者がいい顔をしなかったためだ。

皆の都合に合わせても尚、最初のうちは練習の参加率が低く、遅刻やサボりが絶えなかった。かろうじて集まった子たちも「〇〇くんとは足をつなぎたくない」「〇〇さんの横はいやだ」などと照れもあって反発し、気がつくとどつきあいのケンカに発展していたりする。紐ひとつ足首に絡めることすらままならない。

「いい、みんな、これは私たちの足だけじゃなくて、心をひとつにしてくれる紐なんだよ。みんなの心がバラバラのうちは、とてもじゃないけど、テレビになんか出られないから」

逆境に燃える真梨江先生のがんばりの末、やっとのことで「走る」段階へ至ったかと思えば、今度はグラウンドの陣取りをめぐって、野球部やサッカー部と一悶着。なにせ三十人が横一列で走るのだから、どうしたって場所をとる。

練習の場がない。この問題は、しかし、夏休み中に保護者の一人が役所とかけあい、市営グラウンドの使用許可をもらったことで打開した。一部のお母さんたちが冷たい飲みものをさしいれたり、練習中にビデオをまわしたりと後援に乗りだしたのもそのころだった。

親に遅れて本人たちがやっと本気になったのは、夏休み明け、真梨江先生の「ともだち」を含むテレビ局のクルーたちが練習風景の撮影に訪れてからだった。初のテレビカメラ。初のインタビュー。とりわけカメラが執拗に追ったのは〈熱血美人教師〉の真梨江先生と〈泣き虫リーダー〉の博多くんで、それ以外は〈その他大勢〉にすぎなかったのだが、それでも、この非日常体験はいやが上にもみんなの士気を高めた。もしも予選で敗れたら、せっかく撮影したＶＴＲもお蔵入りになってしまう。

「絶対、予選に勝とう！」

「決勝に残ってテレビに出るぞ！」

「なにがなんでも決勝進出！」

「オーッ！」

生徒が猛《たけ》れば教師も猛る。十月の予選が近づくほどに、真梨江先生の指導にもいや増しに熱がこもり、もはや練習に遅刻できるムードではなくなった。ついには放課後と日曜日の練習も解禁となり、六年二組は心をひとつにして、渾身のラストスパートに突入したのだった。

無論、三十人もの心が真にひとつになるわけはない。どこのクラスにも必ずお荷物がいる。みんなが加速をするほどに、ついていけずに置いていかれる「みそっかす」。

それが私だった。

「そういえばさ」

あっちんがその名を口にしたのは、私が二杯目のグレープフルーツサワーで喉をうるおし、だいぶ口数も増していたころだった。

「真梨江先生、どうしてるかね」

真梨江先生。ちくりとした痛みが胸をつらぬく。ああ、まだ痛むのか、と音を立てずに私は嘆息した。

「うん。どうしてるだろうね」

「想像つかないなあ。みんなそれぞれ、意外な人生送ってるけど、やっぱり、真梨江先生が意外大賞だよね」

「だれも連絡とってないの?」

「みたい。最初のころは私も年賀状のやりとりしてたけど、途中から返事が来なくなって。七五三の写真が最後だったかな」

子どもの写真入り年賀状に飽きたのか、あるいは、退職後も先生でありつづけることに倦《う》んだのか。元担任の心中を思いあぐねながら、私はグラスの底でよどんでいる果実の粒々をかきまぜた。

「双子も、大きくなってるよね」

真梨江先生が双子を身ごもり、結婚して先生をやめた。風の噂でそれを知ったのは、私が中二の春だった。

そう、私たちが卒業してからたった一年で、真梨江先生は母になるために教壇を降りたのだ。しかも、結婚相手はあの番組の元スタッフだったというオチに、当時の私はなんともいえない胸のもやつきをおぼえたものだった。

真梨江先生はもともとあの番組のスタッフとつきあっていたのか。その彼に頼まれて番組への参加を決めたのか。それとも、番組への参加がきっかけで恋がめばえたのか。

もしかしたら——来る日も来る日も練習に明けくれていたあのころから、もう彼との結婚を決めていた? だとしたら、真梨江先生の口癖だった「思い出づくり」は、彼女自身の教員人生におけるそれであったとも考えられる。

炎天下も、小雨のなかも、汗を噴いて走った、あの奮闘の日々の裏には、大人の勝手な事情があった。あるいは、男と女の交情が。それは、ただでさえおぞましい私の過去に泥を塗り、トラウマに塩をすりつけるものだった。

「結局、真梨江先生も一人の女だったんだよね。恋愛もするし、セックスもするし、妊娠もするし……しかも双子ってところも、なんか過剰だったあの先生らしいよね、今から思うと。ま、あのころは妙にショックだったけど」

昔はおかっぱだった髪をきれいに巻いたあっちんがしんみりとつぶやき、衣だらけの唐揚げにかぶりつく。

「ショック？」

「ん。先生って、なんか先生って生きものだと思ってたから。うちらの担任じゃなくなっても、ずっと、一生、先生って種でいてくれるもんだって。まさか卒業して一年で旦那にとられちゃうなんてね」

「うーん」

「あんなきれいな人があっさり結婚して双子のママなんて、ほんと、意外大賞だよ」

「ちがうよ」

と、そのとき、あっちんの右どなりから異議が飛んできた。

ゴルフ焼けと思われる色黒の馬面男子。声が変わっていたので一瞬とまどったものの、よく見ると、もみあげが異様に長かった内田だ。

「意外大賞は、奥山だよ」

私の箸からししゃもがすべり、小皿の上に落下した。

奥山くん――。

「なるほど。たしかに彼も有力候補だね」

「え、なんで」

「あ、そか、琴ちん、知らないんだ。奥山くん、最近、よくテレビに出るんだよ。しかも、ブラピやレディー・ガガや総理大臣と共演！」

「ええっ。奥山くん、セレブになったの？」

「じゃなくて、セレブのＳＰ」

「正式には、警視庁警備部警護課」

内田いわく、大学卒業後に警察官への道を進んだ奥山くんは、二年前からその課へ配属されて、よろず要人の警護を請け負っているのだという。

「奥山くんがＳＰかあ」

たしかに意外だと驚きつつ、私は横目で奥山くんの精悍な肩のラインをうかがった。

自分が話題にのぼっているのに気づいているのか、いないのか。それとなくこちらを意識しているふうにも映る。

「しかも、一児の父」

「え。結婚してるの？」

「ああ、男子で一番乗りだよ。相手は婦人警官。そのへんは、あんま意外でもないか。奥山らしく正道を極めてるよな」

　職場の女性と結ばれ、二十七歳で一児の父。たしかに同世代の男としては早い身のかため方だ。潔い選択。砂にまみれても、まみれても、必ず翌日には完全に漂白された体操服を身につけていた奥山くんらしい気もする。

「やっぱり琴ちん、気になる？　奥山くんの元パートナーとして」

　ろれつの怪しい声であっちんが言い、すぐに「あっ」と口を覆った。

「ちがう。ちがった。なんでもない。ごめん」

　あたふたしている彼女に、「オイッ」と内田が忍び声で突っこむ。

「なに言ってんだよ、このばかちん」

　不自然に顔をうつむける二人に、私は居心地の悪さをおぼえつつ、その一方で今がチャンスだとも感じていた。

　あの話を切りだすなら、今だ。このタイミングを逃したら、きっと、もう言えない。なんのために今日、ここへ来たのかわからなくなる。

「あの……あのね」

このときのためにサワーは二杯で抑えていた。自分の頭がクリアであるのを確認しながら、私はあらたまって二人へむきなおった。

「私、今日は、教えてほしいことがあって来たの」

三十人で横列を組むとき、足の速い者と遅い者を交互に配置する。真梨江先生がそんな戦略を立てたのは、地方予選の本番までいよいよ三週間を切ったころだった。

練習中、みんなの足がそろっていないと、走行中に一文字であるべきラインがVの字にくぼんだり、Wの字にゆがんだりしてしまう。悪くすると、ラインがバラけて崩壊する。俊足と鈍足をとなりあわせることにより、極端な速度の差異が生じるのを防ぎ、全体のスピードを均《なら》そうという試みだった。

「みんな、一人だけ速く走ろうとしないで、横の子と合わせることを、まずは一番に考えてちょうだい。全員が横の子と合わせて走ったら、列は絶対にくずれないでしょう。それが勝負の鍵よ。三十一脚、きっちりそろって走りぬいたチームが最終的には好記録を叩きだすの。突出した一人はいらないのよ」

その持論のもと、真梨江先生はクラスいち足の速い奥山くんを、クラスいち足の遅い私の横につけた。さらに、常に列をへこませていた私を一番右端に配することで、ライン崩壊のリスクを下げた。それによって私は右半身の自由を手に入れ、多少なりとも楽に走れるようになったのだから、狙いは悪くなかったと思う。

気の毒なのは、面倒なお荷物を押しつけられた奥山くんだ。

「奥山くん、できるだけ飯田さんのこと、引っぱってあげてね。転びそうになったら助けてあげて。奥山くんと飯田さんは二人で三脚、つまり、一心同体ってことよ」

どんくさい女子と一心同体なんて冗談じゃない。と、ふつうの男子ならば、大いに反発していたところだろう。が、奥山くんはその額とあごのラインが指し示すように、どこか観音めいた心根の持ち主だった。だれに対しても親切で、みんなのいやがる仕事も快く引きうけ、イメージ映像としては「いつもゴミ箱を焼却炉へ運んでいる」。そんな彼だからこそ、真梨江先生は無茶な難題を突きつけ、そして、そんな彼だからこそ、内心はともあれ、文句も言わずに私の世話役を引きうけたのだ。

真梨江先生の戦略は吉と出た。日に何度かは必ず横の子に引きずられて転び、練習を中断させていた私は、奥山くんの横になって以来、ひざこぞうをすりむく回数が減った。彼が巧みに足の運びを合わせてくれたからだ。それでも尚かつ私が転んだときには、まるで自分が蹴倒しでもしたみたいに、いともすまなそうな目をして「ごめんね」と助けおこしてくれる。

「よっ。奥山、熱いぞ！」

「お姫さまだっこしてやれ！」

幼稚な男子たちにひやかされても、奥山くんはひるまない。私が転倒するたび、「なんだよ、奥山」「ダーリン、しっかりしろ」と理不尽なブーイングを受けても、奥山くんは怒らない。度重なるにつけ、そんな彼の善良さが、私には逆につらくなっていった。だれよりも速く走れるはずの奥山くんに、自分がブレーキをかけていること。練習のたびにいやな思いをさせていること。彼が寛容であるほどに、情けなさがひざこぞうにしみてくる。

一度だけ、意を決して真梨江先生に直訴したことがある。予選で勝つために私を外し、代わりにほかのクラスから助っ人を入れてください、と。

言下に一蹴された。

「これは、六年二組の思い出づくりなのよ。だれか一人でも欠けたら、それはもう二組の思い出じゃないでしょう」

そんな思い出、私はいらない。一度もほしいと思ったことはない。胸のうちで抗《あらが》いながらも、私はそれを大人にぶつけられるほど強い子どもではなかった。

練習を放棄する度胸もなかった私は、結局、その後も足手まといなラインの右端でありつづけた。早く予選が終わりますように。過熱しつづけるみんなのなかで、一人、それだけを祈っていた。まかりまちがっても決勝になど進みませんように。もう思い出はたくさん。ふつうの生活にもどりたい。二人で三脚ではなく、一人で二脚の日常に。

そして、ついに決戦の日。十月のある日曜日、市の競技場で30人31脚の予選が催された。

忘れたいから忘れたのか、ショックで記憶が飛んだのか、あの一日を私は切れぎれの断片としてしか呼び起こすことができない。

憂鬱な朝日。

うらめしいほど青い空。

電車。長い道。知らない町。

うき足だっていたみんなの顔。

いつもより化粧が厚かった応援団の母親たち。

いつにも増して輝いていた真梨江先生。

広い広い競技場。

番組の横断幕。テレビカメラ。

スタンドにひしめくライバルチームたち。

どこのチームも自分たちより強そうに見えた。

スタンドの応援。

スタートの号砲。

速いチーム。遅いチーム。

一人の転倒でほころびる三十人の列。
鳴りわたる悲鳴と歓声。応援団の絶叫。
刻々と迫りくる順番。
緊張していくみんなの顔。
私たちを呼ぶアナウンス。
「みんな、落ちついて。練習どおりにね」
落ちつきのない真梨江先生の声。
出陣。
なぜだかみんなは勝てると信じてた。
　胸の鼓動。
整列。そして、合体。
私たちを「三十人」から「三十一脚」へ変える紐。
「自分たちを信じてがんばろう！」
走る前から泣きそうだったリーダーの博多くん。
ゴール地点に乱反射する陽射し。
くらくらするほど白い陽射し。
天国みたいに野蛮な陽射し。

パン!
スタートを告げるピストル。
一列に並んで出た。
うまくいった。
この調子。
がむしゃらに走った。
前へ、前へ、体のぜんぶの力で。
速い。
今日の私は速い。
速すぎた。
残り半分の地点で足が止まった。
筋肉が軋《きし》む。
ひざが笑う。
もう動けない。
限界。
再び加速する余力はどこにもない。
私の失速に気づかないまま、左を走る奥山くんが一歩前へ出る。

組みあわせた腕と腕が離れかける。

待って、奥山くん。

腕を気にして、足を怠った。

右足のひざから力がぬけた。

がくんと世界が傾いた。

左足の紐が外れ、体ごと地面に突っこんだ。

奥山くんと私の足が離れた――。

切れぎれな記憶の連なりのなかで、皮肉にも、最も忘れたいその場面だけがスローモーションの緻密さで目の裏に焼きついている。

一列のラインは無惨に寸断された。見たくないものを見るように、二、三歩先で奥山くんがふりかえる。それに連動してその左の男子、そのまた左の女子と、つんのめりの波が伝っていく。

グラウンドに転がる私を見すえる奥山くんの顔には表情がなかった。いつもの優しいまなざしも、「ごめんね」とさしだされる手もない。彼はただ影のようにのっぺりと立ちつくしていた。なにも言わない。動かない。その不動に、その沈黙に責められている気がして、私はますます動転した。

消えたい。この世界からいなくなってしまいたい。

しかし、それは許されなかった。バッテリーが切れたような奥山くんに代わって、業を煮やしたみんなが騒ぎだしたのだ。

「琴ちん、立とう」

「起きろよ、飯田」

「最後までがんばろう」

「ファイト！」

もはや勝ち目はない。決勝進出の望みは断たれた。それでも、せめてゴールをしようというみんなの声に抗えるわけもなく、私はごま粒ほどの余力をふりしぼり、地中深くから掘りだすように下半身を起こした。

同時に、奥山くんもはたと動きを再開し、ぎくしゃくした手つきで私たちの足に紐をまわした。

もう一度、合体。再び組みあわせた腕は、しかし、どこかよそよそしい。

「最後までファイト！　レッツゴー二組！」

博多くんの涙声を合図に、整列しなおした横一文字で、三十一脚がまた走りだす。

半分やけくその「いち、に、いち、に」。

スタンドからの哀れみの拍手。

ゴール地点で待つ真梨江先生の悲壮な声援。

不幸中の幸いは、ゴール後、ひざから血を流していた私を保健係が救護室へ連れていってくれたことだ。抱きあって泣く子。地べたにうずくまる子。無言で肩を上下させる子。いたたまれないその場から立ち去ったあとも、しかし、決勝進出の夢を絶たれたみんなの盛大な嘆きは私を苛《さいな》みつづけた。どんな顔をすればいいのか。どう償えばいいのか。いっそ転校してしまいたい。ところが——。

約二十分後、ひざこぞうにガーゼを貼りつけた私がスタンドの一角へもどったときには、なぜだか空気が一変していた。

いったいなにが起こったのか？

さっきまでの慟哭《どうこく》が嘘のように、六年二組の面々はころっといつものみんなにもどっていたのだ。もはやそこに湿気はなく、むしろ「楽しかった」「やるだけやった」「いい思い出ができた」などと、こぞってポジティブなことを言いあっている。私の失態はなかったことになっているのか、だれもそこには触れようとしない。まるであの転倒場面だけがみんなの思い出からポイント消去されたかのように。

「飯田さん、お疲れさま。すてきな思い出をありがとう」

真梨江先生がそう言って握手を求めてきたとき、この人だ、と私は直感した。

私がいないあいだ、きっと彼女がみんなに言いふくめたのだ。

飯田さんを責めないこと。

飯田さんが転んだ話はしないこと。

飯田さんの失敗は忘れて「いい思い出」にすること。

私は自分の手を背中に隠したまま、真梨江先生から顔をそむけた。正直な話、転倒のことをみんなから責められていたら、気の弱い私はかなりの確率で不登校になっていたことだろう。が、当時の私はいじけた気分で、いっそ責めてくれればいいのにと思った。六年二組の「いい思い出」を守るため、私というマイナス要素を排除する、記憶から閉めだしてふたをするという真梨江先生のやり方に、みんなの嘘っぽい明るさに傷ついていた。

唯一、あの転倒が夢幻でなかったことを証していたのは、皮肉にも、急に変わった奥山くんの態度だった。

ラスト三週間の練習中、いつも二人で三脚だった。左の足と右の足を常につないでいた。私が転べば助けてくれた。励ましの言葉をくれた。なのに、最後の最後で、彼は私を突きはなした——。

のみならず、予選を敗退したその日以来、彼はほかのだれにも気づかれないくらいのさりげなさで、私を避けるようになった。目が合えばそらす。私が近づけば背をむける。まじめな子どもにありがちなかたくなさで、奥山くんは私を彼の視界からしめだすことにしたのだ。

結局、まともに口をきくこともないまま、私たちは小学校を卒業した。クラスメイトたちの多くが進学する地元の公立を避け、知った顔のいない私立の中学校へ入学したとき、私はようやく二脚の足で再び歩きだせる思いがした。新しい学校。新しいクラスメイト。もうクラスの全員に負い目を感じなくてもいい。奥山くんの冷たい背中に、決して交わらない瞳に、いちいち泣きたくならずにすむ。新しい自分として一からやりなおせる。そう思った。

子ども時代の特殊な経験がどれだけ人を縛りつづけるものか、当時の私はまだ知らなかったのだ。

「私、今日は、教えてほしいことがあって」

宴の席は徐々にバラけて、早めにぬける遠来組やトイレ籠城組の空席が目立ちはじめていた。急に居住まいを正した私に、あっちんと内田がわかりやすく瞳の落ちつきをなくす。

「あの、予選の日のことなんだけど」

「予選？」

「あの日……あのとき、私、転んで、それで負けちゃって。そのあと私、救護室へ行ったじゃない」

「あ……ああ」

「や、そうだっけ？」

　私の目を見ない二人の声がかぶった。あっちんはもはやサワーに手を出さず、内田もビールの泡がしぼむにまかせている。

「あのあいだに、なんかあった？」

「なんか？」

「救護室からスタンドへもどったら、急にムードが変わってたから。泣いてたみんなが元気になってて、なんだかへんな空気で……あの感じ、私、ずっと忘れられなくて。ね、なんかあったんだよね」

　あっちんと内田が額を突き合わせ、目と目でなにかを相談する。

　口を開いたのは内田だった。

「いや、その、なんかあったってほどじゃないんだけどさ」

「でも、あったよね。教えて」

「いや、その……ちょっと、言いづらいんだけど」

「大丈夫。言って」

　お尻をもぞもぞしだした内田の手がおしぼりをとり、意味もなく裏返す。

「決勝進出が消えて、あのとき、オレらその、まだガキだったからさ、やっぱくやしいってんで、泣いたりしてたんだ」

「うん」

「飯田の前で言うのもナンだけど」

「大丈夫。泣いてたのは知ってるから」

「ほぼ全員、泣いてた」

「うん」

「みんな、なかなか泣きやまなくて。で、なかにはその、あの、言いづらいんだけど

……」

「言って」

「飯田が転んだせいだとか言いだすヤツも、やっぱ、いて」

「うん」

「飯田が転んだのは奥山のせいだとか言いだすヤツもいて。だれが速すぎたとか、だれが出遅れたとか、だれの紐の結び方が悪かったとか、どんどん、やなムードになってきて、そんで、そしたら……」

「うん」

「その……」

はっきりしない内田の横から、業を煮やしたあっちんが言った。

「そしたら、真梨江先生が泣きだしたんだよ。私たちのだれよりも激しく、爆発的に」

「は？」

真梨江先生？

「ここでケンカしたら六年二組の思い出がだいなしだって、真梨江先生、すごい勢いで泣きだして、止まらなくて。私だって悲しくてくやしい、でも、ここは笑顔で終わらせなきゃいい思い出にできないんだって、わあわあ泣きながら言うの。大人があんなに泣くの見たの、初めてだったから、もうみんな、びっくりしちゃって、おろおろして。クラス全員、一気に泣きやんだんだ。ぴたっと、ほんとに、水を打ったみたいに」

そうなんだよ、と内田がにわかに勢いづいて言った。

「先生があんまり泣くもんだからさ、オレら、もう泣いてる場合じゃなくなっちゃって、あわててフォローにまわったんだよな。負けたけど最後までがんばれてよかったとか、最高の思い出になったとか、夢をありがとうとか、もう必死で。母親たちも一緒になって、元気をもらった、感動をもらった、ありがとうありがとうの大合唱で」

「気がついたら、テレビカメラがその姿に食いついてて、それでやっと先生、泣きやんだんだよね。マスカラ落ちちゃったから今のはカットして、って」

「……」

あっけにとられて、声もなかった。私が救護室にいるあいだ、まさかそんなことが起こっていたなんて。

「私、真梨江先生がみんなに言ったのかと思ってた。私が転んだことは言っちゃいけないとか、悪いことは忘れようとか」

「ううん、そうじゃなくて」

昔とおなじどんぐりまなこで、あっちんが頭をふる。

「ま、ネガティブなこととか言うと、また真梨江先生が泣きだすんじゃないかって恐怖はあったかもしんないけど。でも、それよりも、子どもは子どもなりに、やっぱり琴ちんのこと心配して、そっとしといてあげようって思ったんだよ」

「私のせいで負けたのに？」

「だから、琴ちんのせいじゃないって。あの日は、みんなが興奮してスピードあげすぎて、ペースが狂ってたんだよ。あれは、クラス全員のミス」

「てか、そもそも優勝したチームのタイム見たら、オレらと全然、格がちがったじゃん。メジャーリーグと少年野球くらいの差があったよ。決勝進出なんて、どだい夢の夢だったんだ」

いともからりと内田が言ってのけ、泡のつぶれたビールを喉へ流しこんだ。

「ま、オレはきれいなレポーターにサインもらって、もうそれだけで大満足だったけどな。芸能人と会ったのも生まれてはじめてだったし」

「あ、私もサインもらった。あれ、どこやったかな」

　初めてドーランを塗った大人を見た。帰りにお母さんたちがたこ焼きを買ってくれた。

　後日、テレビに真梨江先生の号泣シーンがノーカットで流れていた。オレのつむじも〇・五秒だけ映った。みるみる声を軽快にしてもりあがる二人を前にして、私はこの十五年間、後生大事に抱えつづけてきたしこりの収めどころを失い、呆けたようにまばたきをくりかえした。

　なあんだ。みんなにとってあれは、真梨江先生の思惑とは関係なしに、本当に「いい思い出」になっていたのか。敗退の痛みなどはとうに克服し、子ども時代のまたとない珍経験へと昇華させていたのか。あの転倒を今も引きずっているのは、転倒した本人だけなのか——。

　あの負けが彼らの傷になっていなくてよかった。そんな安堵をおぼえる一方で、十五年間の呵責のもとをとりそこなったような、なんとも言いがたい徒労感が広がっていく。

「それにオレ、30人31脚のこと、合コンネタでがっつり使わせてもらってんだよね。あれに出たって言うと確実にウケるから、つかみはそれでいただきつうか」

「私も！　前に合コンでその話したら、俺は鳥人間コンテストに出たって人がいて、もうすっかり意気投合しちゃってホテルに直行したことがある。やっぱ人間、ひとつやふたつは持っとくべきだよね、幼少時の特殊なテレビ経験」

「ボンチョなんか履歴書にも書いてるらしいぜ、30人31脚の予選会に出場って」

「就活に利用か。やるなあ」

「ま、今んとこ効果はなさそうだけど」

傷どころか、ある種の勲章として重宝しているらしい皆のしたたかさに、脱力を通りこして私は笑ってしまった。

「なんだかなあ」

「ん、どうした、飯田」

「もっと飲みたくなってきた」

「おお、飲め、飲め」

「そうだよ、琴ちん。飲んで酒に流そう！」

「店員さん、すみませーん！」

二人のノリに合わせておかわりを注文するも、少しほろ苦い三杯目のグレープフルーツサワーは、結局、三分の一ほどちびちびするに留まった。

私以外にもう一人、あの日を笑って語れないはずの人がいる。

大事な目的がまだ残っていた。


「奥山くん」

個室の前で待ちぶせし、もどってきた奥山くんを捕まえたのは、飲み放題の終了まで残すところ十五分の土壇場だった。早く、早くと自分をせっつきながらもなかなか思いきれず、彼がトイレへ立ったのを最後のチャンスと、ようやく重い腰を上げたのだった。

「あ……」

とまどいをあらわに足を止めた奥山くんの目に混濁はなく、頬にも上気の影はなかった。大人の飲み方をしていたようだ。

「あの、ちょっと、話をさせてもらってもいい?」

声のうわずりを懸命に抑えて言った。できるだけふつうに、みんなとおなじ軽さに倣《なら》って。でも、決めたことは言って帰ろう。

「あ、うん。もちろん」

瞳を激しくまたたかせながらも、奥山くんはうなずいた。

私たちは連れだって外へ出た。先に立ってガラス戸に手をかけた奥山くんは、小さな段差でも私の足もとを気づかってくれて、その洗練された所作がいかにもSPのプロフェッショナルを思わせる。

六年二組の教室で私を避けていた少年はもういない。彼もあれを過去へ流しているのなら、今さら触れず、このままにしておいたほうがいいのではないか。ふと迷いがさすも、もう遅い。

店の窓明かりを離れて街灯のもとへ立つと、見あげるほどに背が伸びた奥山くんの横で、私は胸の鼓動と格闘した。安っぽくべたついた焼きとりの匂いが夜風に乗って鼻先をかすめていく。

「六年生のとき……」

軽く、軽く、軽く。私の重石を奥山くんになすりつけないように。

「転んじゃって、ごめんね」

笑って言えた。笑わなきゃ言えなかった。

「あのころ奥山くん、いつもすごく優しくて、練習でもいつも助けてくれて、なのに肝心の本番で私、転んじゃって、そのせいで奥山くんにまで迷惑かけちゃって……。ありがとうも、ごめんねも言えないままだったこと、ずっと気になってたの。もう昔のことだし、奥山くんは忘れてるかもしれないけど、私は忘れられなくて。だから、今日はそのことちゃんと話して、それで、終わりにしたかったの」

つっかえながらもどうにか言いきった。直後、奥山くんの目が混乱の火花を散らしているのを見て、どきっとした。

「あ、あの、ほんとにごめんね、今さら。聞いてくれてありがとう。じゃ……」

言うだけ言って逃げようとした私を制するように、そのとき、奥山くんがぬっと掌を突きだし、張りつめた声を響かせた。

「触って」

「え」

「触ってみて」

血色のいい大きな掌。触って？　意味がわからず瞳で問うも、奥山くんは一文字に結んだ口を動かさない。どうやらそのままの意味らしい。

私はこくりと息を呑み、震える手をさしのべた。人差し指と中指、二本の指先でそっと眼下の掌に触れる。ぬめりとした。

「濡れてるでしょ」

「はい？」

「汗っかきなんだ」

「え」

「とくに、緊張すると大量に汗が出て」

「あ……」

「今ならふつうに言えるけど、子どものころはすっごく、それが恥ずかしくて、だれにも知られたくなくて」

声をなくした私の前で、あいかわらず白い奥山くんの首筋がみるみる赤く染まっていく。

「あの日……あの予選の日も、ぼくの手、汗でびっしょりだった。気がつかなかった?」

問われて、ハッと息をつめた。あの日。スタートラインで肩と肩を組みあわせたときの、奥山くんの掌。その感触? 思いだせない。首を横にふった。

「そんな余裕なくて」

「すごい汗だったんだ、緊張して、あのムードにやられちゃって。紐を結ぶときも、腕を組むときも、どんどん汗が出てくるからすごく焦って。飯田さんが転んだとき、あれが絶頂だった。ぼくのせいだ、ぼくが汗ばっか気にしてたからだってパニクって、ますます手がびしょびしょになって……」

ごめん、と奥山くんが悲痛な声とともに低頭する。

「その濡れた手を、どうしても、飯田さんに、さしだせなかった」

「……」

時間が止まった。時がもどった。十五年前のあの日、地べたに転がる私を無表情に見下ろしていた奥山くん。どうして気づいただろう。そのこぶしが大量の汗を抱いていたなんて。いつも冷静で、おだやかで、大人びていたあの男の子が、それほどの重圧に震えていたなんて。

子どもだったんだ。ふいに、そのあたりまえの事実がすとんと胸に落ちた。奥山くんも、私も、もしかしたら真梨江先生も、あのころはみんなまだ本当に子どもだったんだ——。

「あれからぼく、飯田さんの顔、とてもじゃないけどまともに見られなくて、謝る勇気もないまま卒業しちゃって、それが、なんていうか、ずっとこのへんに引っかかってて……」

このへん、と奥山くんのこぶしが鳩尾《みぞおち》のあたりを叩いた瞬間、はじかれたように私の涙腺がゆるみ、彼の背後にうかぶ上弦の月がぼやけた。

「だから今日、飯田さんと話ができてよかった。ほんとによかった」

「奥山くん……」

「SPやってると、どうしてもあの日のことを思いだすんだ。どんな要人守っても、セレブ守っても、クラスメイトの女子一人守れなかったら、ただのポンコツだなって」

十五年間、私とおなじ重さを負ってきてくれた元パートナー。その肩からようやく力がぬけて、なつかしい観音の笑みがもどった。

私も——。目の縁ぎりぎりに涙を押し留めながら、私は声にならない声を返した。私もずっとあの日に捕らわれつづけてきた。ことあるごとに自ら傷口をえぐり、そして、弱気になっていた。どうせまた私は失敗する。自分のせいでみんなに迷惑をかける。悪いほうへ悪いほうへと考えては怖じけてしりごみし、心の弱さをぜんぶあの転倒のせいにして、結局のところ、臆病な自分を甘やかしつづけていた。

「私も、今日、ここにきてよかった。奥山くんと話ができて、本当に……」

ほどけていく。自らの手でこじらせていた紐のむすびめが解けていく。

「ありがとう」

地を踏む足の軽さにふらつきながらも、初めて自分から奥山くんに手をさしのべた。

「こちらこそ、ありがとう」

再びつなぎあわせた手。それだけで十分だった。ためらいなく握手をしてくれた彼の濡れた掌に、十五年前の真実が宿っている。

わかりあうために必要な年月もある。人は、生きるほどに必ずしも過去から遠のいていくのではなく、時を経ることで初めて立ち返れる場所もあるのだと、触れあった指先にたしかな熱を感じながら思った。


酔いはとうに醒めていた。トイレでひとしきり心を鎮めてから宴席へもどると、ちょうど会費の徴収中だった。

「あ、いたいた、琴ちん。トイレ？　吐いた？　会費ね、ピザ追加で頼んだから、一人三千七百円だって」

支払いを済ましたところで、あっちんと内田から二次会の誘いを受けるも、私は遠慮することにした。

「今日はこのへんにしとく。明日、早いし、帰りの電車も気になるから」

「OK。でも琴ちん、またつぎもおいでね、同窓会」

「おう、そうだよ、飯田。また気軽に顔出せよ」

「うん。そうだね」

私は二人に約束した。

「また来る。つぎは何年後かになっちゃうかもしれないけど、絶対に来るから」

「何年後？」

「来月から、テキサスに移り住む予定なの」

「テキサス……」

「彼氏の実家があっちで牧場やっててね、いろいろあって、跡継ぎになるために帰ることになって。生活苦しそうだし、嫁に来てくれって言われてすごく迷ったんだけど、イチかバチかで行ってみようかなって」

まさか自分が国際結婚に挑むことになるとは思わなかった。今日の今日まで自信もなかった。が、今の自分ならば転倒も恐れずにむかっていけそうな気がする。

ふつふつとわきあがる力に押されて立ちあがり、「じゃあね」と勢いよくふりかえったところで、絵に描いたような二人のびっくりまなこと目が合った。

「カウボーイの嫁……って、飯田、そ、それは」

「正真正銘の意外大賞!」

　こそばゆい称号を背に、私は過去から解かれた足で大股の一歩一歩を刻みながら、再会の宴をあとにした。

テールライト

客を乗せた何台かを見送ったあと、ようやく、空車の赤ライトを灯したタクシーが停まった。

新しい年の幕開けを待つ街は薄暗い。駅前通りに連なる飲み屋は早々に店じまいを決めて、年末年始の営業案内を貼ったシャッターが冷たい風を受けている。帰省シーズンの東京は人が減ってすかすかしているのに、帰る場所のない者には尚も身の置きどころがなく感じられ、連休特有の「居残り感」に心もすかすかする。帰る場所どころか、のっぴきならない事情によってつい今しがた帰る部屋さえも失った僕は、もしタクシーを捕まえるのがもう少し遅かったなら、その場にうずくまったまま年明けを待たずに凍えていたかもしれない。

生涯最悪の大晦日。いいことなんて何ひとつなかった一年の締めくくりには打ってつけとも言える。妙に納得しながら僕はタクシーの後部座席へ尻をすべらせ、一人暮らしの男友達が住むアパートの所在地を告げた。気力さえあれば四十分かそこいらで歩ける距離ではあった。

「三田通りから駒沢通りへの順路でよろしいですか」

ドライバーは女性だった。長い黒髪をバレッタでまとめた横顔は涼しげで、僕よりはいくらか年上だろうが、まだ若い。

「お任せします」

夜の街を流していれば怖い目にも遭うだろう。走りだした車のなかで沈黙が続くと、僕はなんだか気づまりになって、自分はセーフな人間であるのを証《あか》すように要らぬ世間話を口にした。

「いや、しかし、やっぱ車も少ないもんですね、大晦日ともなると」

「そうですね」

「なんだかんだ言っても、結局、みんな家で紅白観てんすかね」

「そうですね」

「今年も大トリは野鳥の会で決まりっすね」

「どうでしょうね」

そこであえなく力尽きた。

思えば、軽口を叩いていられる身の上でもなかった。もうじき始まる新しい年を、僕は無事にクリアすることができるのだろうか。いつまで東京でやっていけるのか。二年後、三年後はどこで何をしているのか。考えるほどに鳩尾《みぞおち》のあたりがすうすうと冷たくなっていく。

かじかんだ指先をデニムにこすりながらため息を吐きだした僕に、そのとき、ドライバーの彼女が言った。

「でも、車の排気ガスが少ないせいか、この時期の東京は空がきれいですよ」

野鳥の会はスルーされたが、会話に身が入っていないわけでもないらしい。

「空？」

「街のネオンも少ないぶんだけ、月や星がよく見えるんです」

「へえ」

反射的に夜空へ目をやり、うげ、と僕はのけぞった。車の窓越しにもかかわらず、たしかに、そこにはたまげるほどに明るい星々の瞬きがあった。肉眼に映る星のみならず、映るわけもない幾億もの光線までも透かして見せるような天空。満月にはまだ早い月も、その欠落を補ってあまりある光の暈《かさ》を広げている。

「やるなあ」

誰にともなく洩らした僕に、再びドライバーの声。

「お正月のあいだも、きっと、ずっとそんな感じですよ。天気さえよければ」

「へえ」

「だからせめて、空を見上げていたほうがいいんです」

「ああ、坂本九ちゃんも歌ってましたっけね、上を向いて歩こうって」

またも軽口を叩いて再びスルーされたあと、僕はあらためて彼女の言ったことを咀嚼《そしゃく》した。せめて空を見上げていたほうがいい。どんなつもりで彼女はその一語を僕へ向けたのだろうか。

空を仰いで考えているうちに、目的地が刻々と近づいてきた。赤信号で車を停めた彼女が料金のメーターを切る。いくらなんでもまだ早い。

「あの、まだ、もうちょい先ですんで」

「ええ」

「けっこう距離あります」

「ええ」

「駅を越えて、まだその先……わりとあるんです」

「ええ」

ええ、ええとうなずきながらも、彼女はメーターを動かそうとしない。普段はタクシーなど無縁の身にはありがたいけれど、ますます胸の内がわからない。

男友達のアパートに到着したのは、その数分後だった。五百円近い距離をタダで走ってくれたであろう彼女に、僕は恐縮しきりに千円札と五百円玉をさしだした。

「なんかすみません。あの、釣りはいいですから」

メーターの表示は一四四〇円。たかだか六〇円の釣り銭ですら、しかし、彼女は受けとろうとしなかった。

「どうぞ、よいお年を」

律儀に釣り銭を数えた彼女がふりむき、初めて視線が交わった。瞬間、僕はその目が赤く腫れているのを見てとり、どきっとした。尋常ではないレベルで充血した白目。釣り銭を受けとる際、ほんの一瞬だけ触れた指先も、僕のそれより冷たかった。

ああ、そうか――。ようやく僕は悟った。何があったのかはわからない。でも、この人は今、苦しみのなかにいる。もしかしたら僕以上にのっぴきならない事情を抱えているのかもしれず、だからこそ夜空の明るさにも、人の痛みにも敏感で、冴えない顔の僕に何かをしようとしてくれた。

「あなたこそ……」

東京に来て初めて、いや、もしかしたら生まれて初めて、僕は心からの願いをこめて、この常套句を人に贈った。

「どうか、いい新年を迎えてください」

もうじき訪れる新しい年、どうかこの人にいいことがありますように。

全力で祈ったら、鼻の奥がつんとして、なんだかバカみたいに泣きそうになった。

後部座席のドアが開く。後ろ髪を引かれながらも、凍てつく風が車内に入りこまないようにと、僕はすばやく外へ出る。再び車を走らせる直前、こちらをふりむいた顔が一瞬だけ笑みをたたえた気がした。

すかすかの路上を照らす月明かりのもと、遠ざかるテールライトが闇に溶けいるまで、僕は一心に彼女の幸運を祈りつづけた。

どうか、彼女が本当に、本当にいい新年を迎えられますように。

どうか、どうか、どうか――。

1

奴があらわれて、茶番劇が終わった。初めて俺はここにいる意味を得た。生まれてきた意味と、もうじき息絶える意味と。

草の生い茂る大地から追われ、がたがた揺れる箱で運ばれ、狭くて臭いべつの箱へ移され、ようやく解き放たれたかと思いきや、そこは蓋のない巨大な箱だった。四辺にめぐらされた柵の向こうからは無数の人間が折り重なるようにして顔をのぞかせ、奴らに見下ろされる俺とおなじ砂の上には、妙な布をふりかざした一人の男がいた。そいつがちょこまかと動きまわるたび、頭上からはやんやと囃し声が降りそそぐ。しきりに布をひらめかせる男はどうやら俺を挑発したいらしく、ガキの遊びかと呆れながらも軽く角で突いてやったら、いとも簡単にひっくりかえって失神した。あたふた駆けつけた人間どもがそいつを回収するあいだ、柵の外では盛大な野次が飛び交い、もう本当にばかばかしくてやってられなかった。

いつかここへ立つ日が来るのは知っていた。それはおなじ土地に生を受けた俺たちの種に共通した宿命だった。

遥か先祖の代から世話になっている飼育係の爺は、言語を持たない俺たちに成りかわり、この呪われし星をしばしば嘆いてくれたものだった。

「ああ、哀れなる種よ。人間どもの快楽のため、人間と戦う星のもとに生まれた悲運の一族よ。せめてその生を燃やす最後のとき、おまえたちがよき闘士とめぐりあえるように。おまえたちを真に猛らせ、誉《ほま》れある死へと導き得る勇者と戦えるように」

その弁舌が哀愁をまとっていたのは、よき闘士に当たる確率の低さを爺が知りぬいていたせいだろう。

さもありなん。あっけなく倒れた男に代わってあらわれた二人目も、へっぴり腰の程は一人目と似たり寄ったりだった。こんな輩《やから》を相手にどうやって闘志を燃やせというのか。絶えず下半身をそわそわさせている二人目は野うさぎみたいな臆病者で、布で俺を誘いながらも常に一定の距離を置こうとした。そのくせ外野の野次には過剰に反応し、柵の外から罵声が飛ぶたびに、いっちょまえに傷ついた顔をする。

おいおい、こいつはあんたら人間がつくりだした愉快なゲームなんだろう。最後は必ず人間が勝つ。笑止千万なルールを敷いたのもあんたらだ。だったら、せいぜい楽しんでくれないか。この俺も楽しませてくれないか。

脚で地を踏み鳴らし、親切にこっちから仕掛けてやっても尚、奴は本気で立ちむかってこようとはしない。リスクを避けた小手先の技で俺を白けさせるだけ。同様に白けきっていた人間たちにつまみだされるようにそいつが引っこみ、入れかわりに次の男が登場したときには、俺はもうすっかりやる気を失っていた。しかも、どうしたことかその三人目は馬に乗っていた。

なぜ、せめて自らの足で向かってこないのか。その理由はまもなく判明した。馬の高さと速度を使って俺を攪乱《かくらん》し、疲弊させたところでいざやとぐっさり、その手にかざした棒の先をこの背に突きたてようって腹だ。狡猾さここに極まれり。俺は抵抗しなかった。むしろ進んで背中をさしだした。突くだけ突いてさっさとこの生を終わらせてほしい。ところがどっこい、そいつは中途半端な流血をもたらすばかりで、肝心のとどめも刺さぬまま馬上にいながらにして遁走、俺をこの場へ置き去った。

ヤワな人間どもが次々とあらわれては去っていく。俺は怒りではちきれそうだった。なんという茶番だ。なんという退屈だ。いっそ自ら柵へ突進でもして自決したほうが、よほど気持ちよくあの世へ旅立てそうだ。

俺はなかばやけくそで柵を睨《ね》めつけた。その柵の向こうからやってきたのが四人目の奴だった。

その引きしまった肉体をこの目に捉えた瞬間、ごう、と風がうなるような音がした。それは俺自身のうなり声だった。豹のように無駄のない動きで迫ってきた奴と間近で対峙したときには、我を忘れてぶるぶる頭をふりまわしていた。

ああ、この目だ。この目を俺は待っていた。こんなにも孤独で、こんなにも気高く、こんなにもひたむきに俺の血だけを求めている瞳。

いざ戦いに入ると、俺の興奮はいや増した。奴は情け容赦のない死闘のプロだった。それ故にその仕事ぶりは奉仕的ですらあった。俺を恍惚とさせる計算されつくした身のこなしで勝負を組み立て、また、時にはぐらかす。

高ぶる。高ぶる。高ぶる。奴の手にした布が宙にひらめくたびに、俺は陶然とひた走った。指先の動き、腰のひねり、足のステップひとつで奴はいとも容易《たやす》く俺の本能に火をつけ、燃やしに燃やしてきらめく灰を舞わせるのだった。

奴は業師だった。それでいて、卑怯な策士ではなかった。命をぶつけあう相手だけが知り得る勇敢さをもって、どの瞬間も奴は全身でリスクを負っていた。どれほどのスピードで俺が突進しようとも、奴は決してひるみも退きもせず、ただ微妙に体の角度を変えることで紙一重の死をかわす。俺の角は幾度となく奴の脇腹すれすれをかすめた。

オーレ。オーレ。オーレ。さっきまでダレていた人間どもの熱狂が箱いっぱいに満ちていく。

オーレ。オーレ。オーレ。奴に誘われるたびに俺はこの血を沸かして奮い立ち、かわされるたびに切ないほどの渇きをおぼえて、再び奴を求めた。

オーレ。オーレ。オーレ。ああ、面白い。愉快で愉快でたまらない。このまま永遠にこの男と命をすりあわせていたい。

しかし、甘美なる時間には限りがあった。つぎなる対決へとたがいの動きを読みあっていた最中、俺のどんな変化も逃すまいと見開かれていた奴の目が、ふいに哀しみの色をたたえて虚空をさまよった。

なぜ？　ふっと集中がほどけた直後に、後ろ脚がよろめいた。立てなおそうとふんばるも、力が入らない。ああ、そうか。そろそろか。奴に夢中になりすぎ、俺は背中の疼きを忘れていた。したたか棒で突かれたそこからどれだけの体液が流れ落ちているのか失念していた。

やれやれ。急激に視界がかすみ、足もとに広がる血の川がぼやける。よだれに濡れた顎が垂れさがる。重力が俺の自由を奪う。みるみる己を制御できなくなっていく俺を、奴は巧みに誘導し、砂の上へ寝かせた。奴の手に剣が渡る。その刃は必ずや一刺しで俺の急所を貫いてくれることだろう。

誉れある死。ひとかけらの恐怖も俺にはなかった。唯一の未練は奴だった。この命を失う以上に、奴を失う痛みが強い。

狂おしいまでの執心とは裏腹に、むなしく意識をにぶらせていく俺に、そのとき、ふりかざした刃に太陽の一閃を映した奴が言った。

「また会おう」

たしかに聞こえた。また会おう。

ああ、そうだ、また会おう。魂が飛び立つ寸前の、それは祈望の契りとなった。ここで絶やすには忍びないこの縁。俺が俺でなくとも、奴が奴でなくとも、きっとつぎなる生でまた会おう。

願わくば――。

つぎに生まれたときには、奴とおなじ種として出会えるように。最後の一刻のみならず、長くなだらかな営みのなかで交わりあえるように。

どうか、どうか、どうか――。

した。

2

川越しに初めてその少年を見たとき、あ、と思わず声が出た。対岸へ届くはずもない小さな音だった。なのに、少年もこちらをふりかえり、あ、というような瞳の瞬き方をした。

淀んだ水の流れ——歩いてわたれるならば二十歩ほどの川幅を隔てて、彼とわたしは対峙した。何が「あ」なのかをたがいに問いあうように、その出所を探るように、長々と見つめあった。東の空から昇りゆく陽が川面《かわも》に反射し、光の粒子を少年の浅黒い肌にちりばめていた。

よく走る動物みたいに敏捷そうな男の子。川の向こう——わたしたちが「ニシ」と呼ぶ集落に住む子どもたちが皆そうであるように、彼は上等そうな赤い服を身につけ、足には靴をはいていた。わたしから先に目をそらしたのは、砂にまみれた自分の素足が恥ずかしくなったせいだ。

尚も追ってくる視線にどぎまぎしながら目を伏せ、わたしは一人遊びを再開した。平たい石を川縁に積みあげる石塔づくり。川で水汲みをしたあと、その労働の跡を刻むようにこつこつと石を重ね、できるかぎり大きな塔を築いて帰るのが、わたしの毎日を彩るささやかにして唯一の娯楽だった。

家から川まで延々と続く荒れはてた道のりも、平たい石を探しながらならば、多少は気がまぎれた。拾った石を運ぶ水容れの樽が重くなりすぎないように、わたしは本当にあんばいのいいものだけを厳しく選りすぐった。川へ着くと、それをほとりに広げ、幅広のものから順に正しく積みあげていく。

無為に過ごせる時間は少ない。煮炊きに要る水を家族が待っている。太陽が昇れば帰りの道が灼熱の地獄と化す。それを承知でその日、わたしは常にないかたくなさで塔の造形にこだわり、いつまでもぐずぐずと川縁に留まっていた。

足りない石を探すふりをしながら、少年を意識しつづけた。手持ちぶさたに対岸をぶらついていた彼のもとには、一人、また一人と仲間らしき子どもたちが集まりだしていた。見たことのない遊具を手にした少年や、髪にカラフルな布を巻きつけた少女。彼らのはしゃぎ声が高まるほどに、彼と目が合う回数は減った。

穴の空いた樽のような気分になったわたしは、塔の完成を放棄し、長く畳んでいた足をのばした。帰路へつこうと、水をたたえた樽へ手をのばす。きらりと光るものが飛んできたのはそのときだった。

虫？　川の向こうから放たれたそれは、良質の筋肉をそなえた昆虫みたいに見事な飛翔をし、わたしの足もとへ着地した。まるく、平たい石だった。わたしの掌にぴったり収まるサイズで、すべらかな褐色の表面を、一本の赤い筋がつらぬいている。まるで石に通う熱い血脈のように。

その脈に指を重ねてふりむいたわたしと、川を隔てた彼の視線が再び交わった。約束。そんな言葉がふと脳裏をかすめ、その意味するところを問うように、わたしは掌の石をきつく握りしめた。


背丈や顔立ちのあどけなさからして、少年は十歳のわたしとおなじくらいの年のころだった。ニシの子だから、当然、わたしよりは恰幅も血色もいい。川向こうにあるニシの家々には何頭ものロバがいて、庭には果物の木や井戸があり、おめでたいことがなくても、毎日のように鶏や卵が食卓を飾るのだという。

彼の家はどのくらいのお金持ちなのか。なぜ、いつも一人で川へ来るのか。あの日以来、川越しに日々たがいの存在を確認しながらも、わたしは彼の名前すらも知り得ないままだった。

村のヒガシに生きるわたしたちにとって、そもそも、ニシは別世界だ。おなじだけ乾いた土地に生まれて、神さまからもらう雨の量もおなじなのに、川を一本隔てただけで何もかもが変わってくる。母いわく、「先祖代々そうだったのだから、言っても詮のないこと」らしい。ヒガシに生きる多くの人たちと同様、わたしはそのことで先祖を恨みはしなかったし、ニシの人々を羨《うらや》みもしなかった。人はおなじ岸に生きる者同士で恨みあったり羨みあったりするものだ。

幸いにして、わたしは家族に恵まれた。貧しさはわたしたちを歪めなかった。数年おきに手ひどい干魃《かんばつ》に祟られても、芋さえ満足に食べられない日が続いても、助けあえる家族といればわたしは心穏やかにほほえんでいられた。

加えて、わたしには石があった。彼からもらった石。彼の石。どんな試練に見舞われようとも、どくどくと脈打つようなその赤い筋に触れているだけで、わたしはいくらだって強く生きられる気がするのだった。

母が男子を授からなかったことも、わたしにとっては幸運のひとつだったかもしれない。三人姉妹の長女であるわたしに、両親は本来長男が負うべき役割を担わせてくれた。畑仕事。老ヤギの世話。水汲み。骨の折れる力仕事を怠らずに励めば、それを代償として長男同然に自分の意見を尊重してもらえる。

十三歳を過ぎ、徐々に増えてきた縁談をわたしがのきなみ拒んでも、両親はとくに何を言うでもなく、長男を残すように家に置いてくれた。次女や三女が嫁いだあとも、わたしは胸に石を抱いたまま実家に留まった。理由を問わない家族にどれだけ感謝しただろう。

川越しに見つめあう。目と目でたがいの朝を祝する。出会いの日からどれだけの年月が流れても、彼とわたしの関係は変わらなかった。大声をあげれば届く距離にいながらも、あえて声にせず、まなざしだけで語りあう。時として瞳は言語よりもずっと雄弁に、的確に、そして隠微にわたしたちの思いを伝えてくれた。

一度だけ——一瞬だけ、彼とわたしを分かつ一線が揺らいだことがある。わたしが十六になった年の春だった。

その日、わたしは川の向こうにいつもとちがう彼を見た。通常、わたしたちが視線を交えるのは数秒か、せいぜい十数秒がいいところだったのに、その日の彼はかつてないほど水平に宙をつらぬく瞳を光らせ、いつまでも川岸に立ちつくしていた。とうていわたしからは目をそらせないような、強い情念の炎がそこにはあった。

ふいに動きだした彼の足先が川面に波紋を広げたとき、わたしはまさかと目を疑った。二歩目には頭のなかが真っ白になった。この川は深い。泳いで渡るつもりか。いや、いけない。彼はニシの人だ。ヒガシへ来てはいけない。必死にかぶりをふって見せるも、彼は常ならぬ敏捷さでみるみるこちらへ迫ってくる。その膝までが水に浸かると、わたしはとうとうたまらなくなって、大事な樽も置き去りにその場から逃げだした。

「待って」

初めて聞いた彼の声。けれどわたしは待たずに去った。

ほかに何ができただろう?

その日を境に、川向こうの景色は一変した。朝、いつもの時間にわたしが水汲みに行っても、対岸に彼の影がない。翌日も、そのまた翌日も彼はいなかった。まるで川が越えがたく深い谷間と化したようだった。わたしの世界は救いがたく断絶された。

ニシの男子は十六歳になると学ぶために遠い街へ出る。彼にもそのときが来たことをわたしは認めざるを得なかった。

あの朝、川を越えてまでも、彼はわたしに別れを告げたかったのか。それとも、待っていろと言いたかったのか。後者であることを祈りつつ、わたしは底の抜けた樽のような気分で色褪せた日常を生きつづけた。苦行でしかなくなった水汲みを続け、みじめに痩せた根菜しか育たない畑で汗を流し、妹が生んだ子どもたちの世話を手伝った。老いゆく両親に少しでも楽をさせたかった。つらいときには石を握った。石は彼そのものであり、すなわち、わたしの命そのものだった。

無感動に通りすぎた三年ののち、ついに、待ちに待った日が訪れた。が、それはわたしが望み描いていた形ではなかった。

その日、まだらな緑の生い茂る春の対岸に彼の姿を認めたわたしは、その変貌ぶりに仰天し、手にしていた樽をあやうく流されそうになった。少年時代の面影は淡く、そこにいたのは大人の知性と分別を全身にたたえた精悍な青年だった。

わたしと対峙するまっすぐな姿勢や、穏やかな微笑は以前と変わらない。けれども何かが決定的にちがっていた。彼の瞳にもはや三年前の熱はなく、そこにあるのは仄《ほの》あたたかい友情の残り香のようなものだった。おなじ川幅を隔てながらも、彼は確実に遠のいていた。

何かがあったのだ。何が？

いずれにしても、これだけはたしかに言えた。

彼はもう川を渡らない。

しかし、結局のところ、たとえ彼があのとき川を渡っていたとしても、わたしたちはどうにもならなかっただろう。

余生としか名づけようのないその後の年月を、わたしが甘んじて受けいれ、粛々と生きることができたのは、自分の奥底にその諦念がしかと根を張っていたせいかもしれないし、試練が常にそれを克するための時間とともにさしだされたせいかもしれない。

そう、物事は順を追って運ばれた。街からこの村へ帰ってきたあと、おそらく彼は学ぶ者から働く者への転機を迎えたのだろう。その身なりや表情が大人びてくるほどに、川越しに声なき挨拶を交わす朝は減っていった。落胆の度合いも徐々に目減りし、わたしは彼の影がない対岸の景色に目を慣らした。そうして季節が一巡したころには、彼のいない朝があたりまえになっていた。

頭を冷やせば容易にわかることだった。彼は彼の道を歩みはじめたのだ。

それでも、彼がこの村にいるというだけで、不在中の三年間よりも空は青々と青く、朝日は赤々と明るい。それで満足すべきなのだとわたしは自分に言いきかせた。

再び季節が何巡かしたのち、彼が美しい女の人と対岸を歩いているのを見たときも、来るべきときが来たのだと、わたしは静かに首肯した。それは彼の行く道の延長線上にあって然るべき光景だった。数年後にはそこに小さな影も寄りそっていることだろう。

少年は夫となり父となる。

妻にも母にもならずに石を抱いて生きる道を選んだことを、わたしは後悔しなかった。近所に住まう甥や姪たちの成長を見守りながら、わたしは皺《しわ》んだ両親とともに平らかな日常を守りつづけた。それはそれで悪くない生涯だった。

甥の一人がヒガシの若者たちと団結して井戸掘りに奮闘し、やがてはうちのそばにも井戸ができたおかげで、つましいながらも生活は楽になった。もはや遠い川まで樽を運ぶ必要はなかった。井戸の水は畑の穀物も肥やし、食卓に鶏や卵がのぼる日も稀ではなくなった。

季節はめぐる。人は変わる。村の模様も移ろっていく。

波乱なき川の流れのようなわたしの生の終わりに、しかし、神さまはちょっとしたいたずらを用意していたのだった。

父が亡くなり、母にひまごが生まれた悲喜交々《こもごも》のその年、わたしは生まれてはじめて村に一軒しかない診療所を訪ねた。三十路を越えてようやくヒガシを離れ、川向こうにあるニシの地を踏んだ。それだけでもとほうもない一大事であったのに、よりによって、その診療所で彼と鉢合わせることになろうとは――。

わたしをロバでそこまで運んだ甥と二人、狭い待合室で薬の処方を待っていたときだった。ふいに玄関の引き戸が開き、からっ風とともに足を引きずった男が飛びこんできた。

彼だった。

川越しの挨拶が絶えて二十余年の歳月が流れていた。わたしたちはたがいに年をとっていた。二人のあいだにあるべき川もなかった。それでも、目と目が合った瞬間、瞳の奥にかつて存在した少年の像をよみがえらせるのはわけのないことだった。

「君……ああ、まさか、こんなところに君がいるなんて」

にわかには信じがたい再会に我を失い、やっとのことで息をしていたわたしに、彼は屈折のない目をしてまっすぐな驚きを投げかけた。初めて間近で触れた肉声。それは記憶にあるよりも低く、人を威圧しない程度の貫禄を帯びていた。浅黒い肌にはそばかすが色濃く、目尻には無数の細かいしわがあった。顎に浮いた鬚《ひげ》、肩まわりの肉付き、少しくたびれたような笑い方。そのひとつひとつが、しかし、加齢よりもむしろ彼が生身の人間としてそこにいることを生々しくわたしに告げていた。匂い立つような男ざかりの彼がそこにいた。

「へんな気分だ。君はきれいな大人の女になったね。どことなく儚《はかな》げな雰囲気は昔から変わらない。僕なんか、すっかりヤキがまわってしまったよ」

現場監督をしている工事現場で作業中に負傷したのだと、彼は引きずっていた足を示して苦笑した。

「でも、君に会えたから、怪我をした甲斐もあった」

そんな麗句のひとつにも大人の男の余裕が香る。彼は良い年のとり方をしたようだ。くらべてわたしは情けなかった。しびれるような緊張がいつまでも解けず、しみの浮いた顔に少女じみた薄笑いをのせるのがせいぜいだった。結局、何ひとつまともな受け答えをできないうちに、診察室から白髭の医者が顔をのぞかせ、「入れ」と彼を手招いた。

名残おしげに席を立つ前、彼はあることをわたしに告げた。

「そうだ。橋ができるんだ」

「橋?」

「あの川に、石橋を架けるんだよ。来年の仕事だけど、受注したときからずっと思ってた。君が渡ってくれればいいと」

彼の背中が診察室へ消えた刹那、歓喜とも悔恨ともつかない感情の激流に呑まれて、わたしは一人咽《む》せんだ。あの川に橋が架かる。奇しくもそれはその日、その診療所でわたしが受けた二つめの劇的な宣告となった。

少し前から体を悪くしていたわたしは、彼と再会する直前、医者の口から不治の病を告げられていたのだった。

わたしの寿命は人よりもいくらか短く設定されていた。それだけのことだった。ほかの諸々と同様に、わたしはそれを静かに受けいれ、母や妹、姪たちの看護のもとで日々確実に衰えていった。

病気の進行は早かった。次第にものが食べられなくなり、薬も効かなくなった。耐えがたい痛みに悶《もだ》えるわたしの手のなかでは常にあの石が湿っていた。今では自分の一部と化した石。彼との再会以来、その肌合いの硬質さに物足りなさをおぼえるようになっても、今さらそれを手放すことはできなかった。

「橋は架かった？」

口癖のように尋ねるわたしに、皆は皆で決まり文句を返すのが常だった。もうじき完成するよ。あとちょっとで頑丈な石橋がニシとヒガシをつなぐ。開通式には一族をあげてくりだそう。だから、それまでがんばって。

橋を渡りたいのか渡りたくないのか、本当のところ、わたしにはもはやわからなかった。日ごとに意識が混濁していくせいだけではない。若かりし日の彼とわたしを分かっていたあの川に架かる石橋。それはヒガシの人々の今後を変えるかもしれないが、未来のこの村にどんな恩恵がもたらされようとも、彼とわたしの来し方は変わらない。彼との再会もふくめて、なにもかもがもはや遅すぎたのだ。

ある朝、いつも以上にうつろな目覚めを迎えたわたしは、自分の脇腹にひたりと死神が寄りそっているのをありありと感知した。部屋には家族のすすり泣きが響いていた。視界が暗い。息が浅い。体と心が分離したようにうまく重ならない。

ああ、そのときが来たのか。覚悟を決めたわたしの手のなかで、そのとき、石がただの石に戻った。旅立ちのときを目前にして、わたしはようやく自分の偽らざる胸のうちを認めたのだった。

わたしが欲しかったのは生ぬるい友情なんかじゃない、彼の熱情だった。憑《つ》かれたように川へ踏み入った、あの高ぶる魂を宿した生身の肉体そのものだった。

筋張った母の手がわたしを抱きしめる。力をなくした掌から石が床へ落ちる。乾いた頬に一筋の涙をしたたらせ、今生の最期にわたしは心の底から祈った。どうか――。

もしもわたしにつぎなる生が与えられるならば、どうかもう一度、彼とめぐり会えますように。今度こそ二人が時を共有し、熱き血が通う体と体、心と心を、なにものにも阻まれることなくひとつにできますように。

どうか、どうか、どうか――。

3

ユリヤと出会って、私は崩れはじめた。鉄の鎧がガラクタ同然に剝がれ落ち、むきだしの自分がいかに脆《もろ》いものであったのかを知った。

出会いは五年前の病室だった。当時大学生だった私がガールフレンドにナイフで腹を刺された際、八日間ほど入院した先で私の世話をしてくれたのがナースのユリヤだった。最初に反応したのは体だ。研修生の白衣をまとった彼女をひと目見た瞬間、私と管でつながれていた装置が急に変調をきたした。突如、心拍数が異様に高い数値を示したのだ。が、心のほうにはさしたる変化がなかったため、そのときは「このポンコツめ」と年季の入りすぎた医療器具に毒づいて終わった。

もともと私は初対面の女に必要以上の関心を向けるタイプではない。女にかぎらず、他者全般への興味が薄く、誰に対しても一定の距離を置こうとする。人には昔から「冷血」だの「薄情」だの「人の心がわからない」だの「よく考えると気の毒な人」だのと言いたいことを言われてきた。あげくの果てに刺された。浮気とも暴力とも縁のない私が、ただガールフレンドへの関心が足りなかったというだけで。

「髪型の変化に気づかないっていうのは、刺されるほどの大罪なのかな」

入院三日目、幸いにして急所を外していた傷の消毒を受けていた私は、縫合された傷口が疼くたびに釈然としない思いを募らせ、つい愚痴めいたことを口にした。

「髪型？」

人手不足の病院で常にてきぱきと立ち働いていたユリヤが、初めて動きを止めた。

「変化って？」

「彼女が髪を切ったんだ」

「どのくらい？」

「胸まであったのを、あごくらいまで」

「あなた、それに気がつかなかったの？」

その声色の変化が私を焦らせた。

「いや、だって、たかだか髪だよ。目鼻や口が変わったら、そりゃ僕だって気がつくさ。しかし、髪なんてもんは人間にとって、しょせんはただの周辺だろう。写真を囲うフレームみたいなもんで、それ自体には意味も本質もない。だいたい、女の子ってのはちょくちょく髪型を変えすぎるんだ。自分を変えたいなら、フレームじゃなくて写真本体をどうにかすべきなのに」

ユリヤは薄汚れた天井を仰いで首を横に揺すった。無造作にたばねた金髪がひらひらとそよぎ、私をほうきで掃かれる塵のような気分にさせた。

「わかった。認めるよ。僕は薄情者だ。無神経な鈍感野郎だ。でも、一度じっくり考えてほしいんだけど、他者に対して徹底的に無関心な人々の国と、関心を惜しまない人々の国があったとして、君、戦争を起こすのはどっちのほうだと思う？」

ユリヤの澄んだオリーブ色の瞳が、ほんの一瞬ざわめいた。しかし、凪《な》ぐのも早かった。

「それはもちろん、他者の痛みに鈍感な人々の国のほうでしょう。戦争は、人間ではなく、土地や資源への関心から起こるものだもの」

きっぱり返されたその答えは、内容以上にその凜とした語勢によって、私のなかのどこか――少なくとも、ガールフレンドのナイフよりは的確な場所へ食いこんだ。その証拠とばかりに、私の体は二度目の反応を示していた。またも心拍数がはねあがり、見たこともないような数値を装置に点滅させたのだ。

「なにこれ」

困惑顔のユリヤが私の手をとり、脈拍を測る。眉をひそめてカウントをしたあと、何を思ったのか、今度は彼女自身の手をとった。自分の手首に、私の手首に、自分の手首に、私の手首に——際限なしに親指を行き来させるその顔は見るからに混乱していた。

「へんだわ」

　ようやく親指を休めたときには、ほとほと途方に暮れていた。

「どうなっちゃってるのかしら」

「なにか？」

「私の脈も速すぎるの。しかも、私たちの心拍数、ぴったり重なりあっている」

　そんな一件のあとでユリヤを意識せずにいるのは至難の業で、以降、脈に追いつけ追いこせとばかりに、私の心は刻々と高まった。あれよあれよと人生初の恋に堕ち、それによって毎日が新鮮な発見の連続となった。

　ユリヤは私よりひとつ年上であること。クリミアの天使に憧れてナースの道をめざしたこと。今は狭くて臭い病院寮で暮らしていること。いつかふかふかのソファを置いた部屋に住むのが夢であること。その素朴な人柄に触れるほどに、私はいよいよ彼女に惹かれ、もっとこの人を知りたいと乞い願うようになった。

　思いがけず充実した入院生活に恵まれた私に気がかりがあったとするならば、それはユリヤの気持ちだった。はたして彼女は私をどう思っているのか。いつも機敏な彼女が、私のそばにいるときだけのろのろしているように映るのは気のせいか。小学生並みに悶々《もんもん》と思いわずらうに至り、私は初めて「私のことをどう思っているの」「何を考えているの」などとしつこく聞きたがる女の子たちに共鳴し、過去の不義理を恥じたのだった。

入院最後の夜は一睡もできなかった。私は告白を決意していた。退院の日、例によってユリヤが検温に訪れたときが狙い目だ。何度も頭でシミュレーションを重ねていたにもかかわらず、実際にその朝、検温にまわってきた彼女をひと目見るなり、一瞬ですべての段取りを忘れた。

ユリヤは昨日までのユリヤとはちがった。いつもひとつにたばねて背中に垂らしていた長い金髪がない。呼吸を整えながらまじまじと見入ったあと、私はようやく声にした。

「とてもよく似合うよ」

ショートカットの髪からはみだした耳が真っ赤に色づいたときには、わけもわからず胸が詰まった。

「あら、気がついてくれた？」

その声の軽さとは裏腹に、ユリヤは決意に満ちた滑らかな動きで、熱を帯びた彼女の唇を私のそれに重ねたのだった。

かくして私の人生がはじまった。いったんはじまってしまえば、それまでの過去は総じて中身のないすかすかのフレームにすぎなかった。

党員の父とウォッカ中毒の母から将来の出世を一心に期待され、エリート街道に乗ることだけを人生の指標としてきた私は、ユリヤと対になることで、初めて個として独立し、生きることそのものに価値や喜びを見出しはじめたのだった。

もはやユリヤのいない世界などは考えられなかった。一緒にいればいるほど、重なりあえばあうほどに、私はますますユリヤを狂おしく求めた。四六時中でもそばにいたかったし、そばにいないと内臓のいくつかをえぐりとられている気がした。無限に増殖するエネルギー体。それが人を恋い慕うことの正体なのかと末恐ろしくもなった。

そう、漠とした不安は常にあったのだ。が、しかし――。

まさか数年後、私がこの手にナイフを握りしめていようとは、出会った当初はまだ露も思っていなかった。


首席で大学を卒業し、同時にユリヤと結婚したこと。大学OBの力添えもあって、憧れの職に就き、滅多に自分以外を誇らない父から自慢の息子と称されたこと。職場から四キロの華やかな新興都市へ引っ越し、立派な十八階建てアパートメントの住民となったこと。

何もかもがうまくいっていた。私たちはラッキーな若夫婦だった。給料も社会的地位も高く、保障も万全の職を得た時点で、誰の目にも将来の安定は約束されていた。新婚時代の私はそれこそ天翔《あまかけ》るような高揚感と万能感に酔っていた。

念願のソファが鎮座する新居で、ユリヤもまた新妻らしく頬をほてらせていた。

「こんなに豊かな街があるなんて！　お店の棚が商品で埋まってて、並ばずにそれを買えるなんて、夢みたい。お肉屋さんにソーセージが十四種類よ。信じられる？」

「映画館、図書館、ショッピングセンター、プール……ここには本当になんだってあるわ。まるで別の大陸にいるみたい。緑も豊富で、至るところにバラが咲いていて、ね、ここって映画のスクリーンのなかじゃないわよね？」

「慎ましやかに農業を営んでいた私の祖母は、スターリンを批判したかどでシベリアへ送られて、二度と帰ってはこなかったのよ。こんな楽園みたいなところで孫が生きていると知ったら、祖母はどんなに驚くかしら」

何を見ても感動するユリヤを喜ばせようと、私は貪欲に、享楽的に、この新興都市に属する者の特権を謳歌した。広いスーパーで買いものを楽しみ、毎日ちがった肉や野菜の料理に舌鼓を打ち、食べすぎた翌日はスポーツジムで夫婦ともども汗を流した。休日にはボート遊びや海水浴、ピクニックを満喫し、時にはエンストしない新車で黒海までドライブとしゃれこんだ。遅く起きた朝は路傍のバラを愛でながら散歩し、夜は地上十五階からの街明かりを肴にワインを何本も空にした。若いカップルには二人の未来を何時間でも飽きずに語りあう才能があるものだ。

「早く子どもがほしいね。君によく似た女の子がいい」

「ここなら教育施設も万全だし、子育てには申しぶんのない環境よね」

「子どもが成人したら、二人でいろんなところへ旅行をしよう」

「この街にいるだけで、私、いつでも地球の裏側にいる気分よ」

　この甘い新婚生活の裏で、しかし、二人の時間が満ちたりていればいるほどに、それがいつまで続くのだろうと危惧せずにいられない私もそこにはいた。失うことを恐れる人間の常として、私は次第に保守的になり、排他的になった。

　たしかに、私はユリヤによって距離のない関係の得難さに目覚めたものの、かといって、それが自分の対人姿勢を一転させたかというとそうでもなく、あくまでもユリヤは唯一無二の例外であり、それ以外の人々は依然として遠い他者のままだった。「私と他者」で構成されていた世界が「私たち夫婦と他者」に転じたまでのこと。

　一方で、ユリヤは開かれた心の持ち主だった。その快活さと友愛精神をいかんなく発揮し、おなじアパートメントの住人や私の同僚たちともすぐに打ちとけた。私が彼女を愛するように誰もが彼女を愛した。夫としてそれを誇るべきであるのを百も承知で、私は他者が妻へ近づきすぎるのを恐れた。当然、妻が他者へ近づきすぎるのも。

　最初の危機に見舞われたのは結婚四年目だった。

「街の病院に空きポストがあるらしいの」

有閑マダム然とした生活を享受していたはずのユリヤが、突然、ナースに戻りたいと言いだしたのだ。

「私、正規のナースになってすぐに結婚しちゃったけど、今から考えるともったいなかった気もして。ナースの仕事は肌に合っていたし、やりがいもあるし、無理のない範囲でまた働けたらって」

私にしてみれば青天の霹靂《へきれき》だった。私の妻がふかふかのソファを離れて、再び白衣の天使に？

「君、結婚したことを後悔してるの？」

「まさか。幸せだからこそ思うのよ、いつまでもこのまま安穏としていちゃいけないんじゃないかって」

「僕の収入だけで何不自由なく暮らしていけるのに？」

「でも、子どもができたときのことを考えると、貯蓄は多いにこしたことないでしょ」

「ナースには夜勤があるだろう。僕にもある。子どもをつくるには良い環境と言えない」

「できるかぎり、休みの日はあなたに合わせるわ。今までどおり、休日は一緒に楽しく過ごしましょう。でも、平日くらいは何かしら実のあることをしたいのよ」

「それなら、街の料理教室にでも通ってみたらどう?」

　ユリヤには言いだすと引かない頑固な一面がある。のらりくらりとかわしながら、私は彼女の復職願望が徐々に萎えていくのを待つ構えだったが、粘り強さでは相手が一枚上だった。

「ね、お願い。三年も家にこもっていると、やっぱり社会との接点がほしくなるの。ソーセージは一種類でもいいから、生きてる実感がほしいのよ」

　農家に生まれ、のどかな大地で育った彼女は、連邦中から都市計画研究家がこぞって視察に訪れる新興都市での生活に少々疲れていたのかもしれない。ほがらかだったその顔から笑みが減り、沈んだ気配がリビングの空気を重くよどませるに至って、私はとうとう観念した。

「わかった。そんなに働きたいなら、もう止めないよ。ただし、条件がある。街の病院ではなく、僕の職場内にある医務室に勤めてくれないか」

　せめて自分の目の届くところに妻を置いておきたい。その一心から出た妥協案だったが、それはユリヤにとっても悪い話ではなかったはずだ。私の職場へ来れば、街の病院で働く半分の労力で三倍の給料がもらえるのだから。

「わかったわ。でも、ポストの空きはある?　なければ、どのくらい待つことになるのかしら」

「医務室長の酒の好みを突きとめるまでさ」

空きポストは待つものではなく、自ら設けるものだ。直属の上司に話を通したのち、医務室長に贈った高級ウォッカが首尾よく機能し、時を経ずして職務態度の悪いナースの一人が首を切られた。ユリヤが採用の通知を受けたのはその翌日だった。

それが終わりのはじまりだった。

再びナースの白衣に身を包んで以降、ユリヤは目に見えていきいきと生気をとりもどしていった。笑顔はもとより、寝顔までが輝いて見えるほどに、それは露骨な蘇生だった。かといって夫をないがしろにするでもなく、あくまで家庭を最優先に位置づけ、けっして無茶なシフトの入れ方はしなかったし、約束どおり、休日も私に合わせてくれた。仕事の愚痴はこぼさず、疲れた顔も見せず、夜の交わりにはむしろ情熱的になった。我が妻ながらよくできた女だった。

できそこないは私だ。おなじ職場でユリヤが働きだしてまもなく、私はそれが思ったほどに愉快な結果を生まないことを痛感した。おなじ職場とは言っても、我々の施設が点在する敷地は広大で、建物もそれぞれ独立しているため、就業中に彼女と顔を合わせることはない。故に、自分の目が届くところに妻がいるという実感も乏しい。むしろ同僚の口から医務室の話が出るたび、隠れて妻と逢いびきをされているような不快感を禁じ得なかった。

　せめてユリヤがナースでなければと何度も思った。ナースは患者の世話を焼く。時として裸体に接したり、際どいところに触れたりもする。以前の私がそうであったように、私の妻にあらぬ思いを寄せる患者があらわれないとなぜ言える？　私のような偏屈者を受けいれたユリヤが、そいつの恋情にほだされないという保証はどこに？

　妄想が嫉妬を、嫉妬が新たな妄想を喚《よ》び、たまりかねた私は時おりこっそり医務室で立ち働く妻の様子を見にいくようになった。そのつど、若き日の彼女を思いだしてときめく一方、待合室にいる男性患者の数に歯ぎしりした。もともと男の多い職場である。なかにはどう見ても健康体で、ただ単調な作業の憂さをナースとの軽口で晴らしに来ているとしか思えない輩もいる。今も昔も病院は一種の集会所であり、噂好きの人間は得てしてそこで言わなくていいことを言うし、言ってはならないことも言う。

　ユリヤを職場へ引っぱりこんだことを私が心底悔やんだのは、復職から二年目、いきいきと働く女であったはずの妻が、突如、思いつめた目をしてこの街を離れたいと言いだしたときだった。

　私は耳を疑った。

「どういうこと？」

「だから、二人でべつの街へ行って、また一から新しくはじめるの」

到底、真に受けることなどできない相談だった。

「急に何を言いだすんだよ。この理想的な街を離れる？　今じゃ入居待ちに三年かかるこのアパートを放棄して？　正気なのか、君」

「正気よ。だって、この街にいるかぎりはあなた、今の仕事を辞められないじゃない」

何を当然のことを言っているのかと私は憮然とした。約五万の住人を擁するこの都市は、四キロ先の施設に勤める従業員とその家族専用に開発されたベッドタウンである。

「辞める理由がどこにある？　今ほど条件のいい職場なんて、どこを探したってありゃしないよ。少なくとも、この国にはね」

「でも……」

もの言いたげにユリヤが押しだまる。医務室に入りびたる連中から、いったい何を吹きこまれたのか。私が厳しく追及すると、ようやく青ざめた唇が割れた。

「施設内で、事故が起こっていたそうじゃない」

「え」

「絶対に安全だって言ったのに」

ああ、ユリヤをあの医務室で働かせるなんて――全力で動揺を隠しつつ、私は心で自分のバカさ加減を呪った。運命は愚か者に手心を加えない。

「安全性に問題がない範囲の、小さなトラブルだよ」

表むきには、しかし、あくまでも平静を装った。

「どんな職場でもあることだ。深刻な問題じゃないよ」

「ふつうの職場じゃないのよ。深刻になったときには、もう遅いんじゃないの」

「君の考えすぎだ。誰に何を言われたのか知らないが、君に入れ知恵をしたのは、どうせ専門家でもない下っぱ連中だろう。実情を知らない素人にかぎって、無責任なデマを垂れ流す」

「でも、可能性はゼロじゃないんでしょ。ね、深刻な事故が起こったらどうする気？」

「可能性はゼロだよ。そんな事態は起こり得ない」

私はきっぱり言い切った。嘘ではなかった。

「なぜなら、我々が動かしているのは国家の命運がかかった最先端技術の結晶だからだ。その安全性は科学アカデミー総裁の保証も得ている。どこに党員の耳があるともしれないんだから、君もそうそう迂闊なことを言うもんじゃないよ。スターリンを批判した君の祖母さんを思いだせ」

祖母さんはユリヤの急所だ。そこを突けば彼女は黙る。今回も黙った。やれやれ、と私は冷たい汗をぬぐって話を切りあげ、その後も妻の訴えにまともにとりあおうとしなかった。日に日に元気をなくしていくユリヤを見て見ぬふりをし、向きあうことから逃げつづけた。本気で街を出るはずはないとどこかで高をくくっていた。事故が怖いならば君だけでも職場を去ればいいと、これ幸いに退職を迫ったこともある。姑息で怠慢な夫に天罰が下るのは当然のなりゆきだったのかもしれない。

痛切すぎるしっぺ返しは、ユリヤがあたりさわりのない世間話しか口にしなくなって数ヶ月後に襲い来た。

忘れもしない三月二十六日。それは私たち夫婦のみならず、我々の職場をも激震させる一日となった。その朝、地方新聞のR紙が我々の職場にまつわる黒い疑惑を報じたのだ。

新設工事の遅延を招く資材の不足。安全保証を揺るがす施設の欠陥。幹部の無責任体質。具体例を挙げての職場叩きは痛烈にして容赦がなく、グラスノスチ（情報公開）が到来する以前であれば到底新聞の記事になどなり得なかった内容だった。

当然ながら我々は荒れた。あってはならぬことだと誰もが色を失い、内通者への憎悪をむきだしにした。というのも、その批判記事は施設関係者の密告なくして知り得ない要素を多分に含んでいたからだ。

「いったい、誰が情報提供なんて真似……」

「誰であっても不思議はないさ。今も昔も、この国は密告者の巣窟《そうくつ》だ」

「金に目がくらんだのさ。とんだ裏切り者がいたもんだ」

「まずいな。中央委員会が動きだしたらタダじゃすまない」

記事の内容そのものよりも、むしろ内通者の存在に我々は危機感を煽られた。誉れ高き民主主義的中央集権制度のもとで、私たちは黒いものを白と言うこと、グレイのものをグレイのままにしておくことの重要性を刷りこまれてきたはずだった。王様は裸だと叫んだところで、資材不足が解消するわけでも、幹部が改心するわけでもない。ただ自分の首を危うくするだけだ。誰がそんな愚行を？　どんな目的で？

「おい、気をつけろ」

人事部の先輩からシャワー室でこっそり耳打ちされたとき、私はとっさに天を仰いで神の名を唱えた。

「R紙の女記者が、おまえの女房に接近してるって噂がある」

事態は急速に、急激に、悪いほうへと転がりはじめていた。

「ええ、私がR紙の記者に話したのよ」

その夜、テーブルの料理にも手をつけずに疑惑を質《ただ》した私に、ユリヤはあっさり白状した。

「施設内の情報センターにいる友人に頼んで、コンピューターから過去のデータを引っぱりだしてもらったの」

とうに覚悟は決めていたと言わんばかりの物言いだった。しかも、今日付けで退職届も提出済みだと言う。ふてぶてしいまでの落ちつきように、むしろ、ひるんだのは私のほうだった。

「なぜ……なんだって君がそんなことを？」

「誰かが声をあげなきゃいけないと思ったから」

「なんのために？　せっかく幸せに生きているこの街の人々を動揺させて、要らぬ不安を植えつけるためか」

「ちがう。みんなで必要な不安をシェアするため、ここでの幸せがどれほど脆いものかを知ってもらうためよ」

みるみる湯気の消えていくチキンスープを前に、ユリヤはあくまで冷静だった。

「ね、本当に危険なのよ。私も過去のデータを見て慄然としたの。組織の腐敗が至るところで歪みを生んでいる。安全管理を徹底してるなんて大嘘よ。このままじゃ、いつかとりかえしのつかないことになるわ。そのときは、施設からわずか四キロしか隔てていないこの街のみんなもただじゃすまないのよ」

もはや私を正視しようともしない彼女の目は、地上十五階の窓が透かす街の夜景を捉えている。五万の住民が享受するイルミネーションの渦。その一粒だって我々の施設なしには輝き得ないことを、彼女は考えたことがあるのだろうか。

「いいか、ユリヤ。我々の施設がなければ、この国は立ちゆかないんだ。それだけ重要な拠点なんだよ。多少のリスクはあったとしても、そのぶん厚遇を約束されている。今さら子どもじみたことを言わないでくれよ。目を覚ましてくれ」

「この街の誰よりも覚醒しているつもりよ。あなたこそ目をそらさないで、現実を見てちょうだい。あんな化け物みたいな施設をつくっておきながら、一皮むいたら電線すらも耐火仕様になっていないのよ」

「火事など起こりようがない構造だからさ。君は神経質になりすぎてるし、人までそれに巻きこもうとしている。祖母さんの悲劇から何も学んでいないのか」

祖母さん。金科玉条とばかりにその語を掲げた私に、ユリヤはもはや私のものではない女の目をして言った。

「祖母は勇敢な人だった。私が学ぶべきはその勇気だったのよ」

私の半身が削がれていく。ユリヤが私のユリヤではなくなっていく。安らぎの城であったはずの家庭は乾いた砂漠と化し、瘤《こぶ》の栄養を使いはたした駱駝《らくだ》さながらに、私は日に日に痩せ衰えていった。

苦しくてたまらないのは、それでも私にはユリヤが必要だったことだ。妻が内通をしたという噂が職場における私の立場をまずくし、出世の道を閉ざされる恐れにとりつかれながらも、威勢よく離婚届を突きつけることができない。そんなに街を出たいのなら一人で行けと言えない。彼女を失うことは私自身を失うこと。想像するだけでこの体は死骸のように凍りつく。

唯一の救いはベッドの上だった。最初の出会いからこの方、ユリヤは私の求めを拒んだことのない女だった。この袋小路のどんづまりにあっても尚、体だけは別物とばかりに閉ざそうとしない。

彼女の心が見えなくなるほどに、私は我を忘れてその体にしがみついた。滑稽なほどに何度も求めては、たまゆら喪失感を埋めた気になった。その執拗な交わりの底には二人の子どもを授かりたいという積年の願いもひそんでいた。

子ども――そう、それが私にとって最後の砦なのだ。子どもができればきっとユリヤも考えを変える。今の生活に感謝し、街を出ようなどとは言わなくなる。私とユリヤは子の親として再び結合する。すがる思いで私は彼女を求めつづけた。日勤の日はその夜に、夜勤の日は明くる日の午後に。

しかし、激しい雨風が街を煙らせていたある昼下がり、夜勤明けの私が家へ帰ると、そこにはあるべき姿がなかった。

ユリヤが去った――いつ？　どこへ？　この近辺に彼女の身内はいない。まさかロシアへ？　いや、この天候ではキエフまでの水中翼船も欠航しているはずだ。きっとまだこの街のどこかにいる。

半狂乱の私はとるものもとりあえず家を飛びだそうとして、待て、と思い留まった。本気で家出をする気なら、通帳や証明書の類いをもちだしているはずだ。まずはそれを確認しなければ。手当たり次第に棚をあさり、机の引きだしを開け放った。通帳よりも早く、そこにあるものを見つけてしまったのは不運としか言いようがない。

ミルクのピッチャーを抱えたユリヤが玄関をくぐってきたとき、私は床に物が散乱した部屋に呆然と立ちつくしていた。

「お粥のミルクが足りなくて、下の階でわけてもらったの。ついでに、ちょっとおしゃべりを……」

ユリヤののんきな口ぶりは、部屋の荒れように気づいたとたんに小さなうめきへ変わった。続いて、彼女は私の手にしたものに気づき、今度こそはっきりとうめき声をあげた。もはやここまでというふうに。

そう、もはやここまでだった。

「いつからこんなものを？」

私は引きだしの奥に隠されていた薬の束を彼女に突きつけた。むかしのガールフレンドも服用していた避妊ピル。ナースならばいとも容易く手に入るはずだ。

「いつから僕を欺いていた？」

必死で自分を抑えるも、声の震えが止まらない。

ユリヤもまた肩を震わせて「ごめんなさい」とうなだれた。

「この街で子どもを育てるのが怖くなってからよ。何かあったとき、子どもは大人以上に影響を受けるって、リーが……」

「リー?」

「R新聞の記者よ」

「そんな女の言いなりになってたのか」

私は激昂した。もはや歯止めがきかなかった。

「いいか、君は利用されてるんだぞ。情報収集の駒でしかないんだ」

「リーは聡明な、いい人よ。この街で唯一、私が本音で語りあえる相手でもあるわ」

唯一。その一語に胸を貫かれて私は崩壊した。

「その女はレズなのか」

「何を言ってるの」

「レズなんだろう。君は同性すらも拒まない女なのか。そいつと一緒になりたいから、俺との子どもをつくらないように仕組んだのか」

「ちがう、あなたと子どもを育てる自信がなくなったからよ!」

たまりかねたように彼女が叫び、私は初めて女に手をあげた。が、しかし、その手をふりおろすよりも先に、ユリヤの手からすべりおちたピッチャーが床の上に砕け、その鋭い音で我に返った。数秒間の逡巡。そのあいだにユリヤは玄関へ急ぎ、一目散に外へと飛びだしていった。

あわてて追おうと踏みだした足をすべらせ、私はその場に尻もちをついた。ガラスのかけらが腿を刺し、床のミルクがみるみると血の色に侵されていく。脛《すね》から尻まで染めあげていくイチゴミルク色をながめているうちに、私は私を失っていった。

電話のベルで目を覚ましたとき、すでに雨の音はなく、窓の外はすっかり暮れていた。腿裏の傷が疼く。いや、腿にかぎらず、体の至るところに痛みがある。なぜだか私の皮膚は切り傷だらけで、その理由を知りたいような知りたくないような気だるさのなかで寝室からリビングへ移ると、そこには目を覆う惨状があった。食器棚のガラスは割られ、書棚は倒され、カーテンは切り裂かれ、テーブルや椅子は倒され、皿やら本やら書類やら調度品やらの残骸が床一面を埋めつくしている。

誰がこんなことをしたのか。私のような気もする。私？　そう、私だ。しかし、なぜ？　とりあえず、鳴りつづける電話の受話器をもちあげた。

「もしもし。私よ」

ユリヤの声を聞いた瞬間、すべてがクリアによみがえった。そうだ、妻が去ったのだ。そして、この部屋も私自身も存在意義をなくした。

「しばらくキエフへ行こうと思うの。リーが借りてるアパートの一室を使わせてもらえることになって」

私はいまだイチゴミルクの海を漂っており、その毒々しい不透明な膜の向こうから、ユリヤの声がむなしくこだましているかのようだった。

「最後にもう一度だけ言うわ。あなたも一緒に行かない？　キエフで一からやりなおさない？　あなたさえ冷静になってくれたら……」

私は無言で受話器を戻した。ユリヤがこの街を出ていく。キエフに住む。どうせこれもあの女記者の手引きだ。あの女が私の妻をいいように操り、何もかもだいなしにしてしまった。

床の障害物を靴先で蹴散らしながら、私はキッチンへ急いだ。流しのナイフを手にとる。あの女を殺さなくてはならない。とうに予定されていた既定事項をなぞるようにそう思った。それだけが唯一、生きる意味をなくした自分に残された仕事なのだと。事と次第によってはユリヤも殺す。私のユリヤをとりもどすために。

しかし、玄関へと向かいかけたそのとき、私はふとリビングの壁時計に目をとめ、出勤時間が迫っているのを見てとった。

午後十時十分。約三十分後には夜勤組をこの街から職場へ運ぶバスが出る。今日はほかのセクションで大事な実験が予定されているため、欠勤はできない。ただでさえ、ユリヤのせいで窮地へ追いやられている私が、これ以上幹部のおぼえを悪くするのは得策ではないし、万が一、クビにでもなろうものなら両親に合わせる顔がない。

そこでいったんナイフを手放し、出勤の準備にとりかかった。あくまでそれは優先順位の問題だった。今日の勤めを果たせば、二日間の休みがある。そのあいだにゆっくり二人を殺すこともできる。

まだ少し出血のある腿にガーゼを当ててテーピングし、首や腕の傷が隠れるタートルネックの長袖を着こんだ。

街と職場をつなぐバスの車内で私を不審がる者はなかった。もともと、この季節は誰しもメーデーの休暇で頭がいっぱいなのだ。職場へ到着した私は着替え室でシャワーを浴び、例のごとく白い衣服とベレー帽、特製ブーツを装着した。この防護服でますます傷は目立たなくなる。

施設内の事務所で当直の引き継ぎを受け、上司から制御室で行われる実験内容の変更を聞いた。同僚の一人からメーデーのパレードで娘に着せる衣裳の相談を受けた。クビの危うい男になど興味がないせいか、心ここにあらずの返事を誰も不審がらない。

私の手にはいまだナイフの感触が鮮明に焼きついていた。ユリヤはまだこの街にいる。きっとあの女が囲いこんでいるのだ。ユリヤをキエフへ逃す前に、どうにかして女記者の住居を突き止め、この手で決着をつけなければならない。その大仕事に頭を占拠されていた私は、上司から倉庫へ行くよう命じられた際も、すぐには反応できなかった。

「おい、聞いてるのか。倉庫だ。警備部から連絡があって、うちの倉庫にサーチライトのバッテリーがないか確認してほしいそうだ」

「はい、ただちに」

二度目にあわてて返事をし、おなじ建物内の倉庫へ急いだ。激しい振動をともなう爆音を聞いたのは、備品が雑多に積みあげられた倉庫で、懐中電灯を片手にバッテリーを探していた最中だった。

とっさに私の脳裏をかすめたのは「墜落」の二文字だ。旅客機か何かが上から突っこんできたのか？　つぎなる衝撃で、今度は「攻撃」の二文字を描き、同時に私は立っていられず床へうずくまった。いったい何が起きたのか。視界を塞ぐこの塵はなんなのか。

「おい、誰か！」

恐怖にかられて大声をあげながら、私はどうにか上体を起こし、倉庫のドアへ懐中電灯の先を向けた。刹那、舞いあがる塵の向こうに照らしだされたものを見て、ぞわっと全身が総毛立った。

倉庫のドアがない。分厚いコンクリートの壁ごと崩れ落ちている。

「誰か！」

もしや米軍か。戦争でもはじまったのか。恐慌を来した私は這うように倉庫を抜けだし、もと来た通路へ出た。必死であたりを見まわすも、視界が利かず、状況が読めない。停電が起こっているのは明らかだ。どこもかしこも暗い。加えて、濃霧のような塵。懐中電灯のライトを上向きにすると、天井には無惨な亀裂がぱっかり口を開け、そこから真鍮《しんちゅう》の粉がはらはらと雪のように降りそそいでいた。いつ倒壊するとも知れない天井の下敷きとなる恐怖に思わず立ちすくむ。

と、そのとき、通路の奥——ポンプ室がある方向から、見知った顔の男がこちらへ向かってくるのが見えた。たしか四号機のスタッフだ。

「何があったんですか」

すれちがいざまに呼びかける。なぜか膝まで濡れている彼は一瞬だけ足を止め、憔悴しきった顔を歪めた。

「わからん。確認できないんだ。もしかしたら、気水分離器のドラムか何かが爆発したのかもしれない」

「爆発……」

「それとも、タンクか。制御棒をおろせと指示されたんだが、この有様で機械室までたどりつけるかどうか」

粉塵に咳きこみながら男が去ると、私は他者と会話をしたことで多少の落ちつきをとりもどした——その内容はさておき。そして、そこへ至ってようやく、本来ならばまず最初に想起すべきだった「事故」の二文字と向きあった。この施設でなんらかの不具合が起こっている。はたしてどこで？　どんな事故が？　いずれにしても、今重要なのはすみやかに事態を収拾することだ。ここは絶対に安全でなければならないのだから。

「おい、大丈夫か」

粉塵の向こうから声がし、再び人影をライトが照らした。今度はおなじ部署の同僚だった。

「ああ。そっちは？」

「無事だが、ポンプ室で怪我人が出たらしい。おまえの無事を確認次第、救助を手伝うように言われた」

「何が起こってるんだ」

「さあ、ポンプ室へ行けばわかるんじゃないのか」

行きがかり上、同僚とともにポンプ室をめざして歩きだした私は、そこへ行きつくよりも早く、当の怪我人を三号機の方向へ運びだしていく数人のスタッフとすれちがった。

怪我人は全身血まみれで、誰の顔かもわからない。

スタッフの一人を呼びとめて尋ねた。

「何があった？」

「中央ホールが吹きとんだ」

中央ホールが吹きとんだ。その意味をしばし考え、私は首を揺すった。

「ありえない」

「あったんだ」

「そんな、なぜ……」

「そいつを討議している暇はない。とにかく、炉心が心配だ。こまったことに自動冷却装置が作動しない」

それだけ言い残して彼は怪我人を追いかけ、私は再びその意味を考えた。自動冷却装置が作動しない。それまた深刻きわまりない事態だが、ありえないことではない。予定されていた実験のために四号機では安全装置を一時停止していたはずだった。

「まずいな。何が起こっているにしろ、炉心を冷やしておかなけりゃ、最悪の事態になりかねない」

少し前までパレードの衣裳で悩んでいた同僚もすっかり青くなっている。

「自動冷却装置が役に立たないなら、手動で送水すればいい」

私は非常時のマニュアルを彼に思い起こさせた。

「手動？　この状態で、どうやってそこまで行くんだ」

「下からが無理なら、二十七層まで行って、バルブを開けばいい」

我ながら完璧な回答だったが、同僚の顔色は冴えないままだ。とにかく行ってみようと促すも、彼はその場から動こうとしない。

「どうした。腰が抜けたのか」

「上司の指示が出ていない」

「なにを……非常時だぞ。まさか上司のサインを待つ気じゃないだろうな」

笑えないジョークだが、彼はジョークとしてすら受けとっていないようだった。

「とにかく、私はいったん引きかえして上司の指示を仰ぐ」

おお、偉大なる官僚主義よ。闇へ溶けゆく同僚の後ろ姿を呆然と見送りながらも、私には彼の行動原理がわからないでもなかった。この職場においては、正義よりも、道理よりも、序列がものを言う。地球が明日で滅びるとしても、我々は上司の顔色をうかがいつづけるだろう。

その行動原理をこえて私が二十七層をめざしたのは、序列以上の絶対的な力を宿したユリヤが存在したからだ。私はユリヤに約束した。この施設は安全だ。その言葉に嘘があってはならないのだ。炉心に万が一のことがあれば、四キロ先の街にも甚大な被害がおよぶ。ユリヤはまだそこにいる。大規模な爆発など起こすわけにはいかない。

二十七層へと続く通路は、天井の亀裂から滴りおちる水のため、一面が底浅い沼のようだった。どうやら非常冷却用のタンクから水が漏れだしているらしい。ブーツの先でその水を踏みわけ、懐中電灯の照明を頼りにどうにか進みながら、私は平常心を保っために「大丈夫だ」「大丈夫だ」と一人つぶやきつづけた。科学アカデミー総裁のお墨付きなのだ。大事故が起こる確率は道を歩いていて隕石に当たる程度にすぎないのだ。絶対に大丈夫だ——なのに、なぜこんなにも懐中電灯の明かりがブレるのだろう。手もとが定まらないせいか。めまいを起こしているせいか。胸の奥に吐き気のかたまりのようなものがある。頭の芯が熱くて痛い。いや、頭どころか腿を筆頭に全身の切り傷が痛んでいる。傷——。

大丈夫だ。頭をかすめたいやな事実をふりはらう。唇がぴりぴりする。指を当てると水疱のようなものに当たる。でも、大丈夫だ。バルブさえ開けば事態は改善し、あの街の五万人は安全で、私とユリヤは幸福なエリート街道を歩みつづけ、国家の威信をかけた我々の技術は永久に全土を照らしつづけて、両親は息子に満足で——。

大丈夫ではないのかもしれない。初めて弱気に襲われたのは、ふらつきだした足にむち打って、ようやく二十七層へ到達したときだった。

着いた。圧迫感のあるその狭い空間でほっとひと息つくなり、急に世界が暗転した。立っていられずに膝を折る。幸いにしてすぐに平衡感覚が戻り、急いで体勢を立てなおすも、あの通路を再び引きかえす体力が自分に残されているとは到底思えなかった。

ユリヤ——絶望的な状況を認めて初めて、視界から一気に粉塵が去ったかのように、不思議と意識が澄みわたった。ユリヤ、すまない。もしかしたら、大丈夫ではないのかもしれない。ここは安全ではなかったのかもしれない。この身をもって私はそれを証明することになるのかもしれない。

吐き気がやまない。全身がだるい。が、まだ仕事が残っていた。目当てのバルブは暗い通路の最奥にある。おぼつかない手で懐中電灯を支え、私は這いつくばってそこまで移動した。これまでの人生、そして今いる自分のすべてを腕にこめ、なけなしの余力をふりしぼってバルブをまわす。まわらない。もう一度。まわらない。何度でも——まわった。その証拠に、開かれた隙間からしゅっと音を立てて蒸気が吹きあがった。炉心は守られた。緊張が解けるのと同時に体中の力も抜けおち、今度こそ私はその場へ崩れおちた。

ユリヤ、ユリヤ、ユリヤ。上手に愛せなくてごめん。殺そうとしてごめん。君のことを信じてやれなくてごめん。

意識が、過去が、この世界が急速に自分から遠のいていくのを感じながら、一緒になって初めて、私はまともな夫として妻のために祈った。

どうか君は生きてくれ。キエフでもいい、誰とでもいい、安全な地で、悔いのない人生を全うしてくれ。そして、もしもつぎの生でまた会えるのなら——。

私のものにならなくていい、赤の他人でもかまわない、ただただ純粋に君の幸福を祈れる私でありますように。

どうか、どうか、どうか——。

青空

朝、目覚めてすぐに思うことは、それほど間違っていない。ふとそう思った。枕の表面にまだ夢の名残りが沁みついているような、意識と無意識のあわい。朝焼けの空をカーテンの隙間からながめつつ、気だるく薄目を開いたままでいる。そんなとき、まだ半分眠りを引きずった脳に自然と忍び入ってくる「思い」のなかには、粗末にできない真実がひそんでいる――ような気がする。

翻《ひるがえ》って、夜、眠りにつく直前までうだうだと考えているようなことは、ろくなもんじゃない。陽が昇れば一目瞭然となる。それが「あの女とは絶対に別れる」であろうと、「二度と酒は飲まない」であろうと、夜中の脳がこねくりまわす空言に明くる朝まで持ちながらえるほどの実はない。まだエロいことでも考えながら寝たほうがマシというものだ。

エロはさておき、今朝、私が目覚めてすぐに思ったのは、息子の恭介のことだった。

——やっぱり、あの子は私が育てるべきなのではないか。

まだ覚醒しきっていない頭に、突如、そんな疑念が降って湧いたものだから、自分でも驚いた。というのも、恭介の養育に関しては、考えに考えぬいた末、ほんの数日前にようやく決断を下したばかりだったからである。

恭介は義父母に預ける。この三ヶ月間というもの、朝も昼も夜もこの問題に追いまわされて、腹の脂肪も削げるほどに熟慮を重ねた結果の、それは苦渋の決断だった。

「恭ちゃん、九つにしては言葉が少ないんじゃない？　やっぱり、家庭でのコミュニケーションって大事よね。うちだったら、少なくとも私は日がな一日、家にいるし、夜は主人もいるし、猫も三匹いるし、恭ちゃんがほしいなら犬を飼ってもいいって主人も言ってるのよ。謙一さんもお仕事が大変でしょうし、無理をして一人で背負いこむよりも、恭ちゃんのためを思うなら、ねえ」

懊悩《おうのう》の発端となった義母の指摘どおり、余裕のない勤め人の私と恭介のコミュニケーションはたしかに十分とは言えなかった。残業が多く、日頃からろくにかまってやれない上に、休日ですら仕事が入れば小三の男児を一人にさせてしまう。週に一度、まとめてこしらえる料理は手抜きのオンパレード。文句を言わない息子なだけに、なおさら呵《か》責《しゃく》の念が募る。

もともと母親にべったりだった恭介は、その代役を父親の私に求めはしなかった。妻の死後、ただでさえおとなしかった彼はますます口を閉ざして、父子の会話は「日常生活に最低限必要な日本語」のテキストさながらに冷えこんだ。ほしいものはないか。行きたいところはないか。勉強は大丈夫か。なにを聞いても恭介は曖昧に首を揺さぶる以外の答えを返そうとしない。本音を言わない。心を開かない。

それだけで十分に自信を失っていたところへ、義母から「恭ちゃんのためを思うなら」と鉄の呪文をくりかえされ、「恭介のためとはなんぞ」をテーマにさんざん自問をくりかえしたあげく、つまるところ、私は男手一つで子どもを育てるのをあきらめたのだった。

「いきなり環境を変えるのもアレですから、まずはつぎの三連休、様子見をかねて、お宅に泊まらせてみてもいいですか。ワンクッションのショートステイとでも申しますか」

未練たらしい条件つきの降参ではあったが、水戸在住の義父母は快く同意してくれた。目覚めてすぐ、この決断とは正反対の声が頭をよぎったのは、まさにそのショートステイの当日、いざ恭介を水戸へ連れていかんとする朝だった。

――やっぱり、あの子は私が育てるべきなのではないか。

あれだけ考えに考えて答えを出しながら、この瀬戸際でなにを今さら。往生際の悪さに我ながらあきれた。

と同時に、考えに考えた末の答えよりも、こんなふうに朝一番、ふっと心に降りてきたことのほうが理屈ぬきで絶対的に正しいのだろう、との確信も私にはあった。

そうだ、私は恭介を手放すべきじゃない。たとえ私が不出来な父親でも、毎日さびしい思いをさせても、まずい飯を食わせても、究極、それが今の時点で恭介のためにならないとしても。

それは朝露のようにきらきらと澄みわたるクリアな真実だった。けれど人間は必ずしも真実の道を歩めるわけではない、というのもまた真実であり、結論から言うと、私はその朝、引き返すなら今だと重々承知していながらも、やはり恭介を連れて水戸の義父母宅へ向かったのだった。

今さら義父母に気が変わったとは言えない。理由はそれに尽きた。一人娘を失って瓦解した世界を、孫を愛することで構築しなおそうとしている老夫婦を、「朝、目覚めてすぐに思ったから」程度のノリで、再び奈落の底へ突きおとすことはできない。昨夜、義母からかかってきた念押しの電話。抑えようにも抑えきれないはしゃぎ声の背後からは犬の鳴き声が響いていた。もう遅いのだ。

午前五時。恭介が車に弱いため、道路が混む前に家を出ようと早起きを強いたにもかかわらず、彼はぐずりもせずに起きだし、黙々と身支度を整えた。別段、うれしそうなそぶりもないが、義父母宅へ泊まりに行くのをいやがっている風もない。

「学校の宿題、持ったか」

「うん」

「スマホも入れたな」

「うん」

「夜、寝る前は毎日、必ず電話するんだぞ」

「うん」

おとといのカレーを温めて食わせ、マンションの地下駐車場にある紺のデミオへ乗りこんだのは、午前六時前。成増《なります》のマンションから妻の実家までは、順調にいけば車で二時間弱の距離である。今ならまだ引き返せる。未練が胸を搔き乱すたび、私はそれをふりきるようにアクセルを踏みこんだ。

幸か不幸か、朝ぼらけの道はまだ空いていた。あっという間に外環を通過し、三十分後には早くも常磐道へ到達。

「酔ってないか」

スピードの出しすぎを気にして尋ねると、助手席の恭介は「平気」と眠たげな声を返した。少しは車に慣れたのか。小学三年生にもなると三半規管が鍛えられてくるのか。そんなことをつらつらと考えながら、私はフロントガラスへ視線を戻した。

前を走るトラックの積み荷が外れ、一畳ほどのベニヤ板が私たちの車をめがけて飛んできたのは、そのときだった。

トラックの荷から外れたベニヤ板が、後続車のフロントガラスを直撃するのに要する時間——おそらく、それは一秒か二秒のことだったと思う。

言ってしまえば、一瞬だ。

連休の初日、常磐道を走る車の群れは、渋滞の始まりを恐れてのきなみスピードを上げていた。走れるうちに行けるところまで行っておきたいと、追いこし車線は言うにおよばず、私がいた三車線の真ん中ですらも時速百五キロを超過。その勢いをもってして、どでかいベニヤ板がぶっ飛んできたのだから、たまったものではない。

トラックとの車間はせいぜい三、四メートル。まさしく音速か光速のごとき板の奇襲であった。

ぶつかる！　私はとっさに覚悟した。目をむき、呼吸を止めて全身を粟立たせた。悪い夢であれと祈った。あんな凶器みたいな板を運ぶのなら、せめてしっかりロープで結んでおけよとトラックの運転手をうらんだ。なんでまたよりによってこんな日にベニヤ板が飛んでくるのかと我が身の不運を呪った。

おかしい、とあなたは眉を寄せるかもしれない。「音速か光速のごとき」と言った舌の根も乾かぬうちに、君はまたずいぶんといろいろなことを考えたものではないか。たった一、二秒でそれほど種々の感情を抱けるものか、と。

しかし、抱けたのだ。それどころかまだ続きがあった。

どうしよう。どうすればいい？　トラックの荷から外れたベニヤ板が飛んでくるあいだ、パニックに陥るその傍らで、私は活路を求めて思索を開始した。私の車は低燃費で経済的ながらも、頑強さを売りにはしていない。あんな分厚いベニヤ板の直撃に耐え得るとは思えない。ぶつかってもらっちゃ困るのだ。が、困ると言っても加速をつけた板はもはや止まらない。となると、受け手である私が被害を最小限に抑えるべく一策を講じるしかない。しかし、いったい、どんな策が？

ハンドルを切ってベニヤ板を避ける？

否、と私は即座にその案を退けた。車輪を右へ向けても、左へ向けても、そこにはひっきりなしにびゅんびゅんと駆けぬけていく車の間断なき早瀬がある。たとえベニヤ板を避けられたとしても、代わりに車と衝突し、大惨事となるのが関の山だ。

では、どうする？　とりあえず車を止めてベニヤ衝突のショックに備える？

よく知った声が脳裏を去来したのは、私がとっさに「これだ」と飛びつき、アクセルに乗せていた足先をブレーキへ移しかけた矢先だった。

「止まるな！　とくに高速では急ブレーキを踏んじゃいかん。事故のもとだ」

考えるまでもなく、それは七年前に死んだ親父が、以前、私に投げた警句だった。ちょっと待て、とあなたはいよいよ気色ばむかもしれない。ベニヤ板が飛んでくるほんの一、二秒のうちに、君はそこまで思索をふくらませ、挙げ句のはてに亡父の言葉まで思い出したのか、と。

しかし、思い出したのだ。

たしかに奇妙な話ではある。が、よくよく考えるに、これと類似する体験談は今も昔もよく語られている。そう、命の危機に瀕した人間が、一瞬のうちに一生分の記憶を怒濤の速さでよみがえらせるという走馬燈現象だ。

思うに、こういうことではなかろうか。時間というのは、必ずしも杓子定規な時間どおりに進むものではない。とりわけ生死にかかわる特殊な状況下においては、その窮地に陥った個々の欲するところに応じて、臨機応変に延びたり縮んだりもしてくれる。是非にと請われれば止まることもあろう。そうした伸縮自在のしなやかさこそが時間の本質なのではなかろうか。

すなわち――そう、時として、時は時を超越する。

「止まるな！　とくに高速では急ブレーキを踏んじゃいかん。事故のもとだ」

ベニヤ板の襲来時、延びに延びた時間のなかで親父の警句が頭をかすめたとき、私はハッと足先を引っこめるのと同時に、まざまざとよみがえったその声をひどく懐かしく受けとめてもいた。記憶の箱を探るまでもなく、それがいつ、どこで発せられたものであったのかは鮮明におぼえていた。

あれは私が二十歳の年だった。大学の夏休みを利用し、私は車の運転免許を取得した。とたん、親父にちょっとした異変が起こった。それまで子育ては母親任せで、良くも悪くも家庭における影の薄かった親父が、いきなり運転の個人指導を買って出たのだ。

「いいか、謙一。免許を持っているだけでは運転は上達しない。早いうちから慣れること、それにはまずマメに乗ることだ。これから、週末ごとに俺がつきあってやる」

親父の旧友がかつて車の事故で亡くなっていたのを知ったのは後のことで、当時の私はどんな気まぐれかといぶかりながらも、身内の酔狂につきあう覚悟で毎週末、我が家の白いブルーバードに乗りこみ、即席教官の指導を乞うことになった。ちなみに、ブルーバードという車名はメーテルリンクの『青い鳥』に由来するらしく、微妙に少女趣味だったおふくろの意向が多分に反映されていた。

「謙一。まずは東京のへそ、皇居をめざそう。お堀のまわりを三周してから帰るぞ」

「謙一。今日は下道で鎌倉まで行くぞ。あのあたりは人が多いから用心しろ。うまい蕎麦屋があるから、鴨せいろでも食って帰るか」

「謙一。今日は一日、車庫入れの集中トレーニングだ。コンビニを見つけるたびに駐車しろ。半日続けりゃ、だいぶ慣れる」

気分次第でその日のメニューを指示するだけでなく、私がハンドルを握っている間じゅう、親父は助手席でああでもないこうでもないとご託を並べつづけた。カーブではバイクや自転車を巻きこまないように気をつけろ。ウィンカーは早めに出せ。小径の十字路は人や車が飛びだしてくるから要注意だ。車線変更のたびにおどおどするんじゃない。微に入り細をうがってダメ出しを連発してくれた親父だが、なかでも最も多かった小言は「止まるな」だった。

「謙一、おまえはブレーキを踏みすぎる。カーブのたびにブレーキ、車間がつまるたびにブレーキ、赤信号が見えているのに直前まで行ってからブレーキ。ど素人の典型だ。いちいち止まらずに、アクセルやエンジンブレーキで調整するコツを身につけろ」

横から「止まるな」の声が飛ぶたび、私はあわててアクセルを踏みこみ、ハンドルを握る手を湿らせた。「そんなに何度も言わなくても、わかってるよ」「集中できないから黙ってて」などと逆ギレし、車中の空気をよどませたのも一度や二度ではない。

とはいえ、毎週末の特訓が私にとってただの苦行であったかといえば、別段そんなこともなく、日一日と運転に慣れて緊張感が薄れてくるにつれ、それまであまり接点のなかった親父とのドライブをそれなりに楽しむ余裕も生まれてきた。後にも先にも、十週にわたったあの特訓期間ほど、私たち父子が密に過ごした日々はなかった。

特訓の最終関門は高速道路だった。一般道の制限速度さえ速く感じられた私にとっては最大の難関。とりわけ合流や車線変更の際、私はタイミングを見誤ってはついブレーキに足をかけ、そのつど、親父から「止まるな！」と叱られた。

「いいか、謙一。とりわけ高速では、極力、ブレーキを踏むな」

「下手すりゃ後続車に突っこまれるぞ」

「車の流れに従え。堰《せ》き止めるんじゃない。急ブレーキは事故のもとだ」

かつてない執拗さでくりかえされた親父の小言を、私はほとんどうわの空で聞いていた。つぎからつぎへと後続車に抜かれていく最中、脇の下を冷や汗でぬらしていた私に、反省や学び、いわんや口答えの余地はなかった。親父の声は流れる景色とともに流れ去り、車が吐きだす排気ガスにまみれて霧散した——はずであったその「葬られし小言」が、よもやその十七年後、前を走るトラックの荷から外れたベニヤ板が飛んでくるにあたり、時空を超えて彼の息子を救うことになろうとは、さしもの親父も想像だにしなかっただろう。

「止まるな！」

あの瞬間、親父の声を思い出さずして、はたして私は急ブレーキをかけずにいられただろうか。時速百五キロの流れのなかで、もしもあのとき急停車をしていたら、いったいどんな悲劇が待ちうけていたのだろう。

とうに死んだ親父に救われた。こんな形で過去のかけらが益することもあるのかと、かろうじてブレーキを踏み留まった私はしみじみとした感慨にひたりつつ、あの世の親父に十七年遅れの感謝を捧げたのだった。

またまた、と今度こそあなたは失笑するかもしれない。いくらなんでも今まさにベニヤ板が飛んでこようというときに、しみじみしたり感謝したりしている暇はないだろう、と。

しかし、あったのだ。くどいようだが、時間というのは、とにもかくにもそういうものなのである。

ベニヤ板が飛んでくるたった一、二秒のうちに、私はたしかにあの警句を再生し、十七年前の特訓の日々を懐かしみ、今さらながら親父にサンキュー、恩に着るよと心の中で手を合わせたのだった。

しかも、である。親父をめぐる回顧にふける一方で、私の脳のどこか別のところでは、同時に、なにやらほかのことを考えていた節すらあるのである。

節がある、とはどういうことかというと、別段、「こういうことである」としゃちほこばって説くほどのことではなく、ただ断片的なイメージというか、映像というか、遠い昔のしっぽのようなものが、色や匂いに近いレベルでほんの一瞬よみがえった、といった具合だろうか。

「亜弥ちゃん」

飛んでくるベニヤ板と対峙した瞬間、親父のことを考えていた私のなかを、たしかに亜弥ちゃんの面影もまた高速で駆けぬけていった。親父が線ならば亜弥ちゃんは点、親父が海ならば亜弥ちゃんはジェットスキーといったところか。

亜弥ちゃんは高校時代に私が憧れていたクラスメイトの女子だった。いや、本気で憧れだしたのは高校卒業後、彼女が美大へ進んでからのことかもしれない。卒業後も仲間内の飲み会を通じてゆるやかに繫がりつづけるなかで、顔を合わせるたびに「絵描きになりたい」と、まばゆいばかりの笑顔で夢を語る彼女に心惹かれていった。

美大生だった四年間、亜弥ちゃんはほぼ毎日、看板描きのアルバイトに精を出していた。毎日、気がつくといつもどこかに絵の具をくっつけているのだと、ひじについた証拠を見せてくれたこともある。

なんでもいいから話がしたくて、私は亜弥ちゃんに尋ねた。

「看板って、どんなものに描くの」

いろいろ、と亜弥ちゃんは即答した。

「鉄やアルミに描くこともあれば、ベニヤ板に描くこともあるよ」

「ベニヤ板？」

「うん。大きいのになると結構な重労働だけど、私、ベニヤの質感は好きかも」

そう、アレだ。おそらく。十中八九。ベニヤ板の奇襲にともない、どこの神経回路がどうねじれたのか、遥か昔の胸きゅんエピソードが記憶の底から逆流した。あのせっぱつまった緊急時においてさえ、その残像はどこかしら甘やかな、私をときめかせるに足る青春の一ページとして再来したのである。

あなたはもはや聞く耳を失っているかもしれない。「君って人は、もう」と、あきれすぎて言葉も失っているかもしれない。だとしたら誠に切りだしづらい話ではあるが、今回のベニヤ・ショックが喚《よ》んだ時間の膨張を語る上で、実は、ここまではまだほんの序章にすぎないのだ。

だって、考えてもみてほしい。この時点で、まだベニヤ板は私の車を直撃していない。言うなれば、ここまではまだ「ビッグバン以前」の話なのである。


本腰を入れて佳境に入る前に、ひとつ断っておきたいことがある。

ハンドルを握る私の横――そう、助手席にいた恭介のことだ。

あなたは彼の存在を忘れかけていたかもしれない。が、私は片時たりとも息子を意識の外へ追いやりはしなかった。ベニヤ板の飛来に戦慄しつつも、視界の一点ではつねに彼を捉えていた。親父を思ってしんみりし、亜弥ちゃんを思ってときめきながらも、息子の身に万一のことがあったらと想像するだに生きた心地がしなかった。時間というものの包容力のなかでそれらは矛盾していない。

視界の一点が捉えていた恭介は、やはり私と同様、ありえない飛来物の奇襲にぎょっとしていた。まさしくびっくり仰天のどんぐりまなこ。もう数秒あれば驚きが恐怖へ変わっていたかもしれないが、一、二秒では「ぎょっ」くらいがせいぜいのものである（無論、彼の内部では私と同様の走馬燈現象が起こっていた可能性も否めない）。

この子を守らなければ。ベニヤ板が衝突する寸前、私の意識を最も大きく占めていたのはその一念だった。なにがあろうと、この子だけは守る。腹の底から私は誓った。神というものが存在するのなら、どうか恭介を助けてほしい。誓った先から神頼みにも走った。神よりも悪魔のほうが一過性のパワーに富んでいるのなら、この魂をそいつに売り渡してもいい、と。

神と悪魔。

そう、それが最後の瞬間、私の脳裏を駆けぬけたもの。


そして、ベニヤ板が激突した。

実際に鼓膜を裂くような音がしたのか、衝撃が幻聴を喚んだのか、あるいは音の激しさが衝撃となって全身に鳴り渡ったのか、なんだかもうわけがわからなかった。

どん、と来て、その直後に車体が大きく右へ旋回し、完全にハンドルを持っていかれた。フロントガラスにはビニール傘を広げたような亀裂が走り、ぼやけた視界が私から理性を奪い去った。

ダメだ。追いこし車線へ突っこむ——。

急ブレーキを踏もうが踏むまいが、結局、おなじことだった。ぶよぶよに延びきった時間のなかで私は悲観の一色に埋もれた。恭介を守る決意もどこへやら、いとも簡単にすべてを投げだし、観念した。奈落の底へと転がりおちていく最中に息子の声を聞くまでは。

「ママ!」

たしかに聞こえた。ママ。赤ん坊の夜泣きみたいに必死の声で、恭介は高く叫んだのだ。

真の意味でビッグバンが起こったのはそのときだったと思う。

ママ。八ヶ月前に妻が逝って以来、それは息子が初めて口にした母を求める声だった。

ママ。まるで秘術のまじないのように、その一語が私のパニックを鎮めた。

ママ。そうだ、と我に返った私は悟った。この絶望的な窮地で恭介を救うことができるのは、神でも悪魔でもいわんや私自身でもなく、彼の母なる亜弥だけなのだ、と。

それと同時に、不思議にも——いや、今さらなにを不思議ぶっているのかと言われるのならば当然にも、そこには亜弥があらわれた。形はない。声もない。けれど匂いや湿度、微妙な空気の振動からして、亜弥はたしかにそこにいた。

そうでなければ説明がつかないことに、あれだけ恐慌を来していたにもかかわらず、そこに妻の気配を感知したとたん、私はしかと目を見開いてハンドルを握りなおし、軌道の修正にかかっていたのだった。

がちがちに硬直して使いものにならなかった手に力が戻り、追いこし車線の車へ突っこむ寸前で、ぎりぎり前輪を左へ滑らせた。そしてまた左の車線を走るダンプへ衝突する寸前で、右へ舵を切りなおした。我ながら神業的なこの芸当ひとつをとってみても、そこに亜弥が介在していたのは疑いようがない。

ベニヤ板による衝撃から車を立てなおすまでに要した時間は、一、二秒とはいわないまでも、せいぜい十秒以内だろう。目に見えない力を借りて車輪を操っていたその間、我が子を守らんとする母のど根性に私は胸打たれ、感服し、ほとほと恐れいっていた。男には到底たちうちできないと卑屈にすらなりかけた。けれど、彼女が守ったのは恭介だけではなく、私自身もまた命を救われた一人なのだと思い至ったとたん、陽炎《かげろう》のようにゆらゆらと車中に立ちのぼっていた「母なる亜弥」の気配が「妻なる亜弥」へ変わり、この八ヶ月間、とくに埋めるでもなしに吹きさらしにしていた胸の風穴にほのかな温《ぬく》みを感じながら、私はただもう一心に妻のことを思ったのだった。亜弥。亜弥。亜弥。亜弥。亜弥。

憧れの人であった亜弥ちゃんを妻の亜弥へ変えるのに、さしたるミラクルや力業は必要なかった。私たちはただ年を取ったのだ。

誰もが等しく年を取る。大学時代は夏と冬、年二回のペースで開かれていた高校時代の仲間うち飲み会が、皆が社会人になったとたんに年末の忘年会だけになった。その唯一の集いすらパスする仲間も増えて、もはや仲間という感じでもなくなり、仲間だのなんだのと言っていられる年でもなくなり、酒の飲み方も分別くさくなった。

大学を出るなり音信をなくした一人であった亜弥と再会したのは、たがいに二十七歳になった冬、共通する友人の結婚式でおなじ円卓をかこんだ際だった。輸入ワインを扱う会社に勤めていた亜弥は、もはや体のどこにも絵の具をつけていなかった。

「絵は、まだ描いてるの？」

「うん、趣味でね」

油絵で生計を立てるほどの腕はなかったと、言いわけも卑下もせずに笑った姿が好もしく映ったのは、私もすでに最初の会社が合わずに退社をしたり、長くつきあった彼女に二股をかけられた末にフラれたりと、それなりの挫折を経ていたせいかもしれない。

「知らなかったと思うけど、私、高校のころ、小邑《こむら》くんのこと気になってたんだよ」

「え。ど、どこが」

「靴下の柄が独特だったから」

二次会の帰り、家がおなじ方向だった彼女となんとなくもう一軒という流れになり、憧れの亜弥ちゃんが私の靴下を気にかけてくれていた事実を知った。舞いあがった私は即刻彼女からメールアドレスを聞きだし、それ以来何度もデートを重ね、交際を重ね、結婚してからはともに日常を重ねた。

二人でいるのが「特別」から「普通」になり、たがいの怒りや笑いのツボを押さえて、かけはなれていた食の好みが似通ってきて、子どもが生まれ、エネルギー温存のために喧嘩をしなくなり、柄の独特さを競いあうように集めた恭介の靴下が増えて、そうして少しずつ時を積みあげた。

十年間。たがいの肌が溶けあうほどに密な時間を過ごしながら、しかし、それでも亜弥のなかには、最後まで私の入りこめない彼女だけの小部屋があった気がしてならない。

そう。結婚以後、絵筆を握る姿を次第に見なくなっても、出産以後、育児に邪魔なイーゼルを納戸へしまいこんでも、亜弥のなかから絵心が完全に失われることはなかったはずだ。

ときどきふっと一点を見つめ、そのアングルを瞳で切りぬくように、視覚以外の機能をオフにする。まるで獲物をねらう鳥のように本能的な横顔。

「描けばいいのに」

「え。ああ、うん」

私がいるのを思いだすなり、何事もなかったようにオンへ戻る。

「いろいろ、落ちついたら、またね」

人生は先へ進むほど落ちつかなくなっていく、という真理に、彼女はいつ気づいたのだろうか。

恭介がひどいアトピーで、彼に合う漢方茶を見つけだすまで、さんざん東奔西走した。亜弥の祖父が残した遺産をめぐって骨肉の争いが勃発した。私のおふくろが年甲斐もなく宝塚に入れこみ、月組のスターに多額の貢ぎ物をしていたことが発覚、激昂した親父と離婚する寸前まで揉めに揉めた。亜弥の叔母が新興宗教に走って出家し、三年後に一文無しになって還俗した。雨の日に拾った老猫が死んだ。奇しくもおなじ日、群馬の温泉旅館で親父が脳梗塞に倒れた。母から危篤の報を受けた私は、即刻、車で現地の病院をめざしたものの、あれほどブレーキを踏まなかった道行きは後にも先にもなかったのに、親父は一人息子の到着を待たずに旅立ってしまった。

つぎからつぎへ襲いくるあわただしい現実の波に揉まれながらも、しかし、誰もがそうであるように、私も「今が過ぎれば」と考えていた。今が一番忙しい時期で、これを越えれば凪いだ第二の人生がはじまる。そのときこそ、亜弥をスケッチの旅にでも連れだし、ゆったりと気ままな余生を満喫すればいい。時間はまだまだある、と。

去年の秋に突然、亜弥が体の不調を訴え、あっという間に床に伏せり、医者から悪い冗談みたいな余命を告げられて、絶望一色の闘病生活が九十五日間続いた。最後の一週間は意識もなかったから、どこで別れを迎えたのかすらも曖昧なままだ。三十七歳という妻の享年を私がなかなか受けいれられなかったのは、その若さ、唐突さもさることながら、亜弥にやりたいことをやらせてやれなかった罪の意識が作用してのことかもしれない。

私の妻にならなければ、恭介の母にならなければ、亜弥はもっと亜弥らしい輝きのままに人生を送れたのではないか。私の妻にしてしまったことで、恭介の母にしてしまったことで、私は亜弥から奪ってはならない何かを奪ってしまったのではないか。その喪失による生への失望が、どこかで彼女の早すぎる死につながっているのではないか——。

この八ヶ月間、そんな自責の念が絶えずつきまとい、私は私を許せずにいた。妻の死による私自身の耐えがたい喪失感をも罰の一つと感じられるほどに。

そうだ。前を走るトラックの荷からベニヤ板が飛んできたとき、よもやの事態に度を失いながらも、私はどこかで然るべきときを迎えた気がしていたのだった。親父の思い出にしんみりしながら、若かりし亜弥ちゃんにときめきながら、身も世もなく恭介を案じながら、これが自分への天罰ならば甘んじて処されようと、私は静かに受けいれようともしていた。亜弥が迎えにきたのなら——。

けれど、亜弥は迎えにきたのではなく、恭介と私を生かしにきたのだった。車中に妻の気配を感じてからの一分一秒、いやもっと短い数え方もわからないほど細切れの一齣《ひとこま》一齣のあいだじゅうずっと、私は私たちを生かそうとする亜弥の強靭な意志を感じつづけていた。あの世とこの世との垣根を越えるほど、ベニヤ板など屁でもないほどの母性の炸裂を。

そこで、ようやく、目が覚めた。

この八ヶ月間、どれだけ悔恨にまみれた夜を過ごしても、時として暴走するさびしさに慟哭することがあっても、朝、目覚めてすぐに思うのは、いつも笑顔の亜弥だった。私と恭介のそばでころころと笑っていた母なる妻の像だった。

それが、真実の亜弥なのだ。

いったんは完全に制御を失った車の軌道を立てなおし、フロントガラスの亀裂に阻まれていた視界をバックミラーとサイドミラーで補いながら左車線へ移動、さらに車線をまたいで路肩へ停車した。サイドブレーキを引いてパーキングにギアを入れ、後ろから突っこまれないようハザードを点滅させた。

助手席でまだ凍りついている恭介の無事を確認し、人生で一番長い安堵の息を吐ききったとき、もはやそこに亜弥はいなかった。

胸板を突きやぶるような勢いで心臓がばくばくと暴れだしたのは、それからだ。手に負えないその猛りは喉元まで波及し、幾度となしに私はぐえぐえと嘔吐《えず》いた。吐き気と闘いながら鼓動と呼吸を落ちつかせるのに、はたしてどれだけ時間がかかっただろう。鼓動と呼吸が鎮まってからも、私はずいぶんと長いことなにもできずに呆けていた。走馬燈モードを終了した時間は本来の律儀さを取りもどし、私は思考停止の腑抜けモードに入っていたとみえる。

警察に連絡しなければ。ようやくその程度の理性がよみがえったとき、同時にこの目が捉えていたのは、フロントガラス越しの青空だった。蜘蛛の巣状の亀裂が入った、まばゆすぎる青。どうしようもなく壊れてしまったもの、失われてしまったものはもう二度と取りもどせないけれど、ヒビのあいだから光を探して生きていくことはできるかもしれない。

「恭介」

指先の震えが収まるのを待って、いまだ微動だにしない恭介の肩に手を置いた。

「大丈夫か」

「うん」

「参ったな」

「うん」

「ママが守ってくれたんだ」

「うん」

あたりまえのように恭介はうなずき、寝起きさながらにぼうっとした目を車中にさまよわせてから、もう一度、「うん」と首を縦に揺らした。ぎょっとした男児の標本みたいに凝固していた体に、ようやく動きがよみがえる。子どもならではの回復力でみるみる表情を弛緩させ、片方脱げていた靴を探しはじめた足先をながめて、私の心は決まった。

「恭介。水戸でのお泊まりは、また今度にしないか」

「え」

「車もこんなだし、いい天気だし、パパと電車でどっか行こうよ。まずは買いものかな」

「買いもの？」

「たとえば、あの空みたいに、めちゃくちゃ青い靴下とか」

とっさに空を仰ぎ見たあと、恭介はその目を自分の白い靴下へ落とし、すれた生地から肌色を覗かせている親指をひょいと突きたてて、「いいね」と、母親そっくりの笑顔を作った。

解説

中江有里

人との出会いの不思議さをかみしめるようになるのは、おそらくある程度齢を重ねてからだ。

あの出会いがなければ今の自分はない――わたし自身そんなことだらけで、人生とは人との出会いでできているのだとつくづく思う。

でもその出会いは自分が仕掛けたものではなく、あくまで偶発的で、人生をいくら手繰っても、どんな出会いが待っているかなど誰にもわからない。だから出会いは不思議である。

本書にはさまざまな出会いが描かれる。表題作「出会いなおし」は、ここに収められた全六篇を統一するキーワードともいえる。読み終えてからこのタイトルに触れ「出会いなおし」の意味の深さに気付かされた。

表題作ではイラストレーターの佐和田時子と編集者成澤清嗣、通称ナリキヨさんの出会いと別れ、再会が繰り広げられる。新進気鋭のイラストレーターとしてもてはやされていた時子だが、実のところ自分の腕に自信が持てず誰とも距離を置いていた。しかしナリキヨと出会って、初めて信用できる仕事のパートナーを得た。

それから時子は一念発起パリへ留学し、ナリキヨは部署が異動になり、ふたりの運命は離れていく。やがて帰国した時子の元にナリキヨからイラストの依頼がくる。この時を待っていた。自信をつけて変化した自分を誰より見せたい相手に再会した時子は――。

この作品の一つの魅力は、安易な恋愛話にならないところだ。いや、時子はナリキヨに淡い恋心を抱いていたかもしれない。でも恋愛の深みにはまらないからこそ、時の流れの中での変貌に驚きつつも失望することなく、両者は互いを受け止める。一時の熱情に浮かされず、落ち込みもしない、平易な感覚のまま、ふたりの出会いなおしの意味がストレートに伝わってくるのだ。

「年を重ねるということは、同じ相手に、何回も出会いなおすということだ。会うたびに知らない顔を見せ、人は立体的になる」

この言葉の一節を別の言い方にするなら、人はそう簡単にわからない生き物ということだろう。たとえどんなに親しい相手だとしても、その一面しか見ていない、もしくは知らないのかもしれない。他の面を見るには、ある程度の時間がかかる。そのために人は同じ相手に出会いなおしする必要がある。

人はそう簡単にわからない。もっと言えば自分のことだってわからないものだ。物心ついたころから自分のことは誰よりわかっているつもりだったけど、実はそうではない。冷静なつもりでいても急に怒りのスイッチが入ったり、思いがけず気弱になったり……

人は人と関わることで、意外な自分を知る。

「カブとセロリの塩昆布サラダ」は結婚以来三十年間、手作りの品で食卓を守り続けてきた主婦に起きたある日の出来事だ。

このサラダ自体が絶妙なメニューだ。煮ても焼いても生でもいける比較的癖のないカブと、生でも火を通してもいいが、独特の香りと歯ざわりで食す人を選ぶセロリ、違う畑からやってきたふたつの野菜をつないでまとめ上げる塩を塗された昆布という海からの使者。なんて不可思議なサラダ。カブのワールドワイドなレシピの羅列には軽い狂気を感じるが、これらを一度ずつでも作ってきた主婦・清美さんは相当手ごわい。

清美さんがデパートで買い求めた「カブとセロリの塩昆布サラダ」。カブとあるけど、食べればダイコン……自らの味覚がそう叫んでいる。しかしそれを電話の向こうの売り場チーフ・藤木に言っても、はなから信じてもらえない。理不尽極まりない対応に心が折れそうになるが、清美さんは負けない。

「では念のため、確認までに、食べてみてもらえませんか」

食べてもらえばわかる——相手が食べると信じるしかない。カブかダイコンかという一見些末な戦いが、自身のプライドと、祈るような思いへと昇華していく。

嘘、まがいものという言葉の羅列から始まる「ママ」はつかみどころのない物語だ。愛する夫が語っていた「ママ」が嘘だったならば、本物の「ママ」はどこへ——。

ママの行方を追いながら、ふと現実に返る。誰にだって「ママ」はいるが、そばに居るわけではない。そんなことを思いながら、物語との間を行きつ戻りつする。小説の「ママ」はわたしの「ママ」ではないけど、なぜか重ね合わせてしまう。優しい「ママ」、理想の「ママ」、ほしいものはすべて与えてくれる「ママ」。

妻の「ママ」は、娘と心を通わせることがなかった。そういう「ママ」だってこの世にはいる。どれほど冷たい言葉をかけられても娘であることを捨てきれない……幻の「ママ」を求めていたのは、妻の方だったのかもしれない。親の愛は無償の愛だと聞くが、幼い子が母へ向ける愛は切なる願いだ。

小学校の同窓会が舞台の「むすびめ」。十五年ぶりの同級生との再会はくすぐったいような恥ずかしさがあるが、懐かしい顔ぶれに時は巻き戻る。でも琴ちゃんは懐かしさで参加するのではない。意を決しやってきたのには、どうしても伝えたいことがあったからだ。その相手である奥山恭一くんも同窓会に参加している。

話題はクラスメイトの現状、当時の思い出へと広がり、やがて一大イベントであった30人31脚へ行きつく。それこそが琴ちゃんの心を縛り付けるトラウマであった。

子ども時代の失敗は笑って話せることもあるが、琴ちゃんにとってそうではない。おそらく周囲はぼんやり覚えているだけで、琴ちゃんほど切実に考えてはいなかった。思うに、起きた事実とそれにまつわる記憶や責任は別の問題だ。同じ出来事でも受け止め方は人によって違うように、責任の感じ方も違う。

たかが小学校時代の思い出と思うなかれ。その後の人生を左右するくらい、人は記憶に左右されるものだと痛感した。

ところで「出会いなおし」というキーワードは現世だけのものだろうか。「テールライト」を読んでそう思った。

タクシー運転手と客、闘牛士と闘牛……これ以上説明すると本作の魅力を削いでしまいそう……ともかく祈りに満ちた短い生が繰り返される。

人は一人で生まれ、一人で死んでいく。その狭間に出会いや別れを繰り返し、人を愛することを覚え、愛される幸福を知っていく。

ここに登場する人々はたとえ指一本触れなくても、言葉すらかけられなくても、あるいは一度は愛し合っても、やがて同じ気持ちを持てなくなっても、そこに生まれた感情が、決してなくなるわけではないのだろうと思う。ずっと思いを抱えながら、次の生へと踏み出していく。だから同じ言葉を呪文のように繰り返す。たとえ自分が居なくなっても、相手が幸せであるように、と。

最終話の「青空」を見上げた父と子。大事な人を失った二人が見舞われた危機、救われたその瞬間——映像では表せない、小説だからこその時の流れとその心情が見事に描かれる。余談だが以前乗っていた馬から落ちた時、景色がさかさまになって、落ちていく時間をスローモーションのように感じた。この話を誰も信じてくれなくても、あの瞬間、わたしはたしかにスローモーションの時の中にいたのだ。

あれ以来、時の流れはその人次第で変わるのだと思っている。瞬間か、刹那か、胸の鼓動一つ打つ間にも何かが変わってしまう。その変化の積み重ねが人生となり、人との出会いという明確なものへとつながるのかもしれない。

小説は他者の人生を疑似体験することができるが、本書で多くの「出会いなおし」を経て心が幾度となく疼いた。でもそれは決して嫌なものではなく、むしろこうありたい、と願い、祈るような疼きだった。

人は自分のことはわからない。そして相手のこともわからない。それでも誰かを愛するし、自分のこともそれなりに愛することができる。都合がいいようだが、それはこの生を肯定するということでもあろう。

一方でわからない相手を愛するのは怖い。でもわからないから愛せないというのは、自分も愛されないということにもなる。それでは人生、寂しすぎる。

だから人生はいつも人に出会う途中で、人と出会いなおしながら、いつも誰かを愛する準備をしている。愛する勇気をもらえる一冊だ。

（女優、作家）

文春文庫

出《で》会《あ》いなおし

定価はカバーに
表示してあります

2020年3月10日　第1刷

著　者　森《もり》　絵《え》　都《と》

発行者　花田朋子
発行所　株式会社　文藝春秋

東京都千代田区紀尾井町 3-23　〒102-8008
TEL 03・3265・1211(代)
文藝春秋ホームページ　http://www.bunshun.co.jp

落丁、乱丁本は、お手数ですが小社製作部宛お送り下さい。送料小社負担でお取替致します。

印刷製本・凸版印刷

Printed in Japan
ISBN978-4-16-791453-0